herzlichst !

[illegible]

Frau Holle überm Onderland

lyrisch – satirisch – schwäbisch

Hans Fleischle

Frau Holle
überm Onderland

lyrisch – satirisch – schwäbisch

mit
Scherenschnitten von Heike Kulski

Bezugsadresse:

Hans Fleischle
Troppauer Straße 26/3
74321 Bietigheim-Bissingen
Tel. 0 71 42 / 5 53 26
Fax: 0 71 42 / 77 35 30
eMail: h.fleischle@t-online.de

2. Auflage 2005

Gesamtherstellung:
Druck- und Verlagsgesellschaft Bietigheim mbH
Kronenbergstraße 10
74321 Bietigheim-Bissingen

ISBN 3-00-016682-3

Inhalt

SEITE

MÄRCHENHAFT 7
Frau Holle 9
Dornrösle 20
Rotkäpple 32

BALLADENHAFT 45
Die Weiber von Weinsberg 47
Besenzauber 52
A Pärle Hoseträger 56
Lausige Zeiten im Schulhaus 63
Das Backhausfest 68
Die grauen Zellen 74

SÜNDHAFT 79
Wie sein gekommen die Malheur 81
Der Sündenfall 86

LEHRHAFT 95
An meinen Sohn 97
Frau – Gattin – Gemahlin 99
Die Nase 102
Dinieren in Frankreich 106
Die Weinprobe 112

SCHERZHAFT 115
Aprilmorgen oder Sie ist 's 117
Frühlingserwachen 119
Nordic Walking 121
Denksch du no dro? 123
Do lieg i rom em Stubewage 125
Trotz allem 127

Märchenhaft

Frau Holle

Es isch amol a Witwe gwä,
en Stuagert oder en dr Näh.
Dieselbig hat zwei Töchter ghet,
die oi war fleißig ond adrett,
die ander war ein faules Mensch,
ond außerdem net grad die Schönscht.
Die Mutter ka die oi net leiden,
die fleißig nämlich von den beiden.
Sie plagt des Mädle manchmal schwer,
bloß deshalb, weils ihr Stiefkend wär.

Die Jongfer sitzt am Bronne dronte
ond spennt die Wolle manche Stonde.
Bis spät en d Nacht nei hockt se do,
au wenn se schier gar nemme ko.
Die ander freilich macht sich s schee,
liegt faul uff ihrem Kanapee.

No, eines Tags, des fleißig Mädle
hockt do ond spennt an ihrem Rädle.
Ond wie se an dr Spule zupft,
hat sie sich en dr Fenger gschtupft.

Am Bronne will se n wäsche gschwend,
no isch em was passiert, dem Kend:
Es hat sich zweit nach vorne boge,
ond d Spule isch en Bronne gfloge.

Ihr Mutter hat a domme Gosche,
am liebschte hätt se se verdrosche.
„Des oine, Mädle, des muasch wisse,
du hasch des Deng en Bronne gschmisse,
no holsch s au selber wieder raus,
wenn net, no fliegsch du aus em Haus.“

Die Jongfer hat net lang sich bsonne
ond hopft en ihrer Angscht en Bronne.
Sie denkt no, jetzt ben i verlore,
doch dann isch sie wie neu gebore.

Sie kommt, s isch wie em Paradies,
auf eine schöne Bluamewies.
Uff dera isch se anegloffe
ond kommt an einen Bäckerofe
mit wunderbare Brotlaib dren,
die längscht scho fertig bache sen.
„Ach Mädle“, rufet die, „bleib steh
ond ziag ons raus, sonscht sen mir he!“
Des fleißig Kend isch glei zur Stell
ond ziagt die Laible raus ganz schnell.

Ond weiter gohts ens Ländle nei,
do kommt se am a Baum vorbei.
Es war en Apfelbaum, en schöner,
so ogfähr wie en Goldparmäner,
mit wunderbare Äpfel drobe.
Do hört se eine Stimm von obe:
„Ach schüttel mi, ach schüttel mi,
mei Äpfel sen scho reif, ond wie!“
Des kloine Mädle spuckt en d Händ,
es packt des Apfelbäumle gschwend
ond schüttelt, dass die Äscht sich biaget
ond alle Äpfel ronterfliaget.
Die legt se sauber nebe d Leiter
ond goht no ihres Weges weiter.

Jetzt kommt se zom a kloine Haus,
do guckt a Frau zom Fenschter raus.
A alte mit ma Mordsgebiss,
do kriagt die Kloi a bissle Schiss.
„Ach Kend, i will di net vertreibe,
komm rei, du kannsch gern bei mir bleibe
ond mir mein Haushalt überwache
ond täglich meine Bette mache.
Viel meh verlang i net von dir,
wirsch seh, no goht s dir gut bei mir.

Doch ois, des wär mir wirklich wichtig:
Dass du die Bette schüttelsch richtig
ond d Fedre flieget wie net gscheit,
no schneit s do dronte bei de Leut.“

„Ja, wenn des so isch“, sagt die Kloi,
„no will i gern dei Dienstmagd sei.“
Ond fleißig wie sie ebe war,
schmeißt sie den Haushalt wunderbar
ond schüttelt d Bette wia net gscheit,
dass s selbst em Onderland no schneit.

Ond weil se so arg fleißig isch,
kommt s beschte Esse uff dr Tisch,
wia Linse, Spätzle, Saitewurscht
ond Milch ond Sprudel für dr Durscht.
Kurzum des Mädle hats verdeent,
dass die Frau Holle es verwöhnt.

Doch nach zwei Monat oder drei
ischs mit dr Fröhlichkeit vorbei.
Do macht doch onser nette Kätter
a Gsicht wie drei Tag Regewetter.

D Frau Holle siehts ond sagt: „Liebs Kend,
du bisch so traurig, sag mir gschwend,
wo drückt dr Schua, was isch mit dir,
i denk, du hasch s doch gut bei mir?“
„Ja freile, Frau, bei dir isch s schee,
viel scheener wie drhoim isch gwä.
Trotzdem, Frau Holle, i sags heut,
mi zieht s halt hoim zu meine Leut.“
„Des gfällt mir, wenn du hoim willsch geha
ond dei Familie wieder seha.

Weil d fleißig warsch zu alle Zeite,
will i persönlich di begleite.“
Sie nemmt des Mädle an dr Hand
ond goht mit ihm durchs Märchenland.
Sie kommet am e Tor vorbei,
ond des goht uff von ganz alloi.
Des Mädle stoht grad onderm Boge,
do fällt a Rege ond, ogloge,
aus purem Gold, des isch a Freud,
ond des bleibt bebbe an seim Kleid.

D Frau Holle sagt: „Des Gold ghört dir,
weil du so fleißig warsch bei mir.
Die Spule, wo d verlore hasch,
do hasch se, steck se en dei Tasch.“
Des große Tor goht wieder zu
ond onser Mädle stoht em Nu
ganz drobe wieder auf dr Welt,
glei nebe seinem Haus wie bschtellt.
Ond wie es en dr Hof isch komme,
do kräht der Gicker uff em Bronne:

„Kikeriki!“, so laut er ko,
„die goldne Jongfer isch wieder do.“

Zu ihrer Mutter goht se nuff,
ond die sprerrt Maul ond Auge uff.
Ond d Schwester wird au schier verrückt,
wie die des viele Gold erblickt.
Scheiheilig sagt die Mutter glei:
„Mei liebe Tochter, komm no rei
ond setz di auf des Schässlo her,
mir freuet ons ja wirklich sehr,
dass du jetzt wieder bei ons bisch,
i stell dir glei was auf dr Tisch,
en Hefezopf ond Kaffee au,
ond no verzählsch ons ganz genau,
wo du bisch wochelang gebliebe
ond wo des Gold hasch aufgetriebe.“

Die Jongfer duet genau berichte,
verzählt dr Reihe nach die Gschichte,
wie sie Frau Holle isch begegnet

ond wie s des viele Gold hat gregnet.
Do denkt die Alte: „Ei dr Donder,
i schick mei andre au do nonter.
Die isch zwar faul ond duet bloß gaffe,
doch mit dem Gold, des wird se schaffe."

Die hockt sich an dr Bronne no
ond schuckt a weng des Spennrad o,
sie stupft sich en dr Fenger glei,
schmeißt d Spule in dr Bronne nei,
sie hopft glei selber henterher
ond hofft uff eine Wiederkehr.

Scho kommt se auf die Wies, die grea,
ond hat au glei des Wegle gsea.
Uff sellem goht se grad vora
ond kommt au zu dem Ofa no.
Die Brotlaib schreiet: „Zieh me raus!"
Des macht der Jonge gar nex aus.
„Von wege Brot rausziehe, leck mich,
I mach doch meine Händ net dreckig."

Bald kommt se zu dem Goldparmäner.
„Ach schüttel mi," so ruft glei jener.
„I glaub, du bisch wohl net recht bache,
des soll die nächste nach mir mache.
Do könnt sich ja a Äschtle biege
ond mir was uff dr Meckel fliege.
Ond überhaupt, was soll des Bettle,
i ka mi jetzet net verzettle.
I ben zwar faul, doch niemals domm,
ond guck, dass möglichst schnell i komm

an der Frau Holle ihren Kies,
no bin i voll im Paradies
ond ka nach diesem goldne Rege
mei Faulheit no viel besser pflege."

Jetzt stoht se vor Frau Holles Haus,
die guckt au scho zom Fenster raus.
Ond ohne Omweg fragt se di:
„Hasch du en Minijob für mi?"
„Isch kein Problem, i stell di ei,
du muasch bloß brav und fleißig sei."

Der erste Tag verläuft nach Pla,
am zweite aber gohts scho a.
Sie liegt um zwölfe no em Nescht,
ond no vertrödelt sie den Rescht.
Die Fedrebette, s isch en Graus,
die schüttelt se net richtig aus.
A bissle Staub, koi oinzge Feder,
so kas net schneie, des weiß jeder.
Ond no am Mittwoch, zwei Tag druff,
do stoht se überhaupt net uff.
D Frau Holle denkt zuerscht, des macht sich,
doch dann isch sie auf hundertachtzig.
Ond glei am nächste Arbeitstag,
do kündigt sie ihr den Vertrag.

Des isch ja prima, denkt die Klei,
no isch die Schinderei vorbei,
ond i komm ohne viel Tamtam
schnell an des Gold von der Madame.

Am andre Tag, om d Mittagszeit,
ischs mit em Abschied no so weit.
Sie ganget grad des Wegle vor,
scho send se vor dem große Tor.

Des Mädle stellt sich tapfer dronter
ond hofft jetzt uff des große Wonder.
Ond wie se grad so dronterhopft,
drückt die Frau Holle uff dr Knopf.
Jetzt kommt ein Rege wie noch nie,
jedoch koi Gold, a schwarze Brüh.
Die Faule isch, jetzt ischs passiert,
von Kopf bis Fuß mit Pech verschmiert.
Frau Holle sagt: „Des isch dei Loh!"
macht s Törle zua ond schleicht drvo.

Des Mädle kommt zu Hause an,
do kräht vom Bronne scho dr Hahn
mit stolzer Bruscht sei Kikeriki:
„Die schmutzig Jongfer isch wieder hie."

Des End vom Liad: Des Pech isch bliebe,
ihr Lebe lang, so stohts geschriebe.

Moral

So, des wär jetzt mei Bericht,
was lerne mir aus dere Gschicht?

Erstens:

Zwei Töchter hat die Mutter ghet,
die oi von ihr, die ander net.
Die eige, des isch gwiess net gloge,
die hat se regelrecht verzoge.
Die Fleißig aber, s war net recht,
die hat se plagt, ond des net schlecht.
Sie isch, des muss mr ihr scho sage,
in Pädogogik net beschlage.

Zweitens:

A jeder Mensch will glücklich sei.
Doch Glück kommt niemals von alloi,
scho gar net kommts mit einem Trick,
du muasch was do au für dei Glück.
Wer trixe will ond faul isch, frech,
der hat am Ende meischtens Pech.

Drittens:

En dere Gschicht, i sag es offe,
do hat des Pech die richtig troffe.
Doch gings nach mir, i hätt die Muader,
weil sie war auch a rechtes Luader,
mit schwarzer Brühe übergosse,
no wer die Gschichte abgeschlosse.

Dornrösle

Es isch amol vor langer Zeit
en König gwä, beliebt ond gscheit.
Sei Frau, des war die Königin,
charmant und mit Familiesinn.
Sie hat zwar alles ausprobiert,
doch leider koine Kender kriegt.
Die Queen, sie badet grad am See.
„A Kendle, ach des wär halt schee!"
So seufzt se schwer hinaus aufs Wasser.
Do hopft a Frosch daher, en nasser:
„Dein Wunsch wird in Erfüllung gehn,
in einem Jahr, du wirscht es sehn!"

Nach einem Jahr, do war was los:
a Mädle hockt auf ihrem Schoß.
A saubers Kend, sie isch entzückt,

der König, der isch ganz verrückt
und beinah scho am überschnappe:
„Rausgschnitte, des isch ganz dr Babbe!“

A Riesefescht gibts, des muss sei,
dr halbe Flecke ladt mr ei.
Au hat mr, sell ka gwiess nex schade,
die weise Fraue eingelade.
Des heißt, bloß zwölf, die dreizehnt net,
mr hat en Teller zwenig ghet
vom königliche Goldservice,
des send halt emmer zwölf präzis.

Des Fescht isch rom, dr Brate gesse,
mr isch no gmütlich zammegsesse,
hat no a Fässle Wei angstoche,
und ein paar Grußwort werdet gsproche
und die Geschenkle übergebe.
Mr wünscht dem Kend a langes Lebe.

Au die zwölf Dame tretet vor
ond alle spitzet jetzt ihr Ohr.
Die erschte wünscht dem Kendle Tugend,
die zweite Schönheit, ewge Jugend,
die dritte Reichtum, alles ebe,
was mr so brauche ka em Lebe.

Ond wie die elft grad fertig isch
ond legt ihr Gschenkle auf dr Tisch,
do geht auf oimal mit me Knall
die Türe uff. Wer stoht em Saal?
Die dreizehnt ischs, was die wohl will?

Ond alle send mucksmäuslestill.
Was jetzet kommt, des isch fei schlemm,
sie schreit in Saal mit lauter Stemm:
„Es isch mei Fluch und mei Verspreche,
die Königstochter soll sich steche
mit fuffzehn Johr an einer Spendel,
no isch se he, ihr Lompegsendel!“

Sie dreht sich uff em Absatz rum,
patscht d Türe zu. Silentium!
Der Auftritt kommt natürlich a,
sie hocket wie bedäppert do.
Jetzt stoht die zwölfte uff vom Tisch
und rettet, was zu rette isch:
„I ka den Fluch net annuliere,
des brauch i gar net erscht probiere,
i ka den Spruch von sellem Drache
jedoch a bissle schwächer mache:

Des Mädle soll, i wills vermeide,
auf keinen Fall den Tod erleide.
In einen Schlaf für hondert Johr
soll es verfalle, des sei wohr!“

Der König, der wird jetzt aktiv.
Er schreibt an alle Leut en Brief:
„Ihr Untertanen, send auf Droht,
ihr wisset ja worum es goht.
Drom sag i euch, mit Spennrad spenne,
do isch in nächster Zeit nex drenne.
Ihr sammlet alle Spindle ei
ond schmeißet die en Ofe nei.“

So weit, so gut, im Lauf der Zeit,
aus dene Kender werdet Leut.
Die Tochter wird a saubers Mensch,
und selle viele gute Wensch
- meh kannsch em Lebe net erlange –
send alle in Erfüllung gange.
Und alle Leut im Fürstentum,
die drehn sich nach dem Mädle um.
Vor allem aber jonge Kerle
send ganz verrückt nach dere Perle.

Und eines Tages isch s so weit,
des Mädle hat Geburtstag heut.
Ihr Leben zählt jetzt fufzehn Lenze.
Die Eltern, die send beide schwänze,
vielleicht spaziere mit em Tross,
auf jeden Fall halt net em Schloss.

Was macht die Tochter mittlerweile?
Sie hat ja Zeit und keine Eile.
Sie guckt sich om em ganze Schloss,
vom Keller bis zum Dachgeschoss.
Macht überall die Türe uff,
en jedem Zimmer und Kabuff.
A Turm, der hats ihr angetan,
den steigt sie nuff, des isch ihr Plan.
Ganz obe fendet sie a Tür,
dr Schlüssel steckt, verrostet schier.
Den dreht sie rom, und sie kommt nei
in eine Stube nett und klei.

Do sitzt a älters Weible drenne
am Spennrad und tut fleißig spenne.
„Grüß Gott, alts Mütterle, hallo!
Was isch denn des, was machsch du do?“
„Des isch a Spennrad, i tu spenne,
ond des isch Flachs, den wirsch jo kenne.″
„Und des do?“, fragt des Kend verlege,
„des tut sich hin und her bewege?“

Des Mütterle will no was sage,
do hat des Schicksal zugeschlage:
Die Königstochter, die langt glei
an d Spendel no und stupft sich nei
en ihre kloine, zarte Hand,
wird müd und hebt sich an dr Wand,
fallt om, sie ka sich nemme hebe,
zum Glück stoht grad a Bett drnebe.
No macht sie ihre Auge zua,
für hondert Johr isch jetzt a Ruah.

Es kommt in diesem Augeblick
Der König und sei Frau zurück.
Kaum send se en dr Eingangshalle,
no werdet se vom Schlaf befalle.
Der breitet überall sich aus
ond legt sich übers Königshaus.
Au alle Gäul und Hund und Schof,
sie fallet en en tiefe Schlof.
Ja selbst die Mucke an der Wand,
die wern von diesem übermannt.

Des Feuer uff dem Herd sogar,
der Brate, der am Brotzle war,
natürlich au der Koch, sowie
am Kücheherd sein Azubi.
Der sell hat Glück ghet, denn grad ebe
wollt ihm sein Meister oine klebe.

Oms Schloss rom tut der Wind sich lege,
koi Blättle will sich meh bewege.
Und bei dem Schloss, der schöne Park,
den schafft koi Mensch meh, des isch arg.

Ond peu a peu von alle Ecke
wächst rond oms Schloss a Dornehecke,
ganz nuff bis über den Kamee,
kannsch selbscht die Fahne nemme seh.
Die Johr vergehn, ond onterdesse
send Schloss und seine Leut vergesse.

Doch goht im Lande ein Gerücht:
Ganz sicher sei die Sache nicht,
mr häbs halt so vom Höresage,
wo Fuchs und Has gut Nacht sich sage,
do wär a Schloss em Wald versteckt,
umgebe von re Dorneheck.
Und en dem Turm, in einer Kammer,
do läg a Mädle, s wär en Jammer,
a Königstochter, hübsch und nett,
tät schlafe en me Himmelbett.
So schö, do könnt mr grad neibeiße,
Dornrösle tät des Mädle heiße.

Die Sage von der schöne Maid
bewegt natürlich alle Leut.
Au Königssöhne hens vernomme,
ond ab und zu isch oiner komme
ond wollte trotz dem Risiko
mit Teufels Gwalt in des Chateau.
Die Kerle send, so stohts geschriebe,
en dene Dorne hängebliebe.
Und jämmerlich send die krepiert,
s Dornrösle, des blieb unberührt.

Nach viele Johr von irgendwo
kommt wieder so en Königssoh.
An alter Ma, er wohn em Flecke,
häb ihm verzählt von dere Hecke.
Ond hinter der, mr könnts net seh,

do dät a Märchenschlössle steh.
Dornrösle, wunderschee und nett,
läg do uff einem Himmelbett.
Es dät in sellem Turm, dem alte,
seit hondert Jahr a Schläfle halte.
Der ganze Hofstaat, Rind und Schof,
wär in dem Schloss im Dauerschlof.
Es häb scho mancher Junggeselle
des hübsche Kend erlöse welle.
Doch hätt sich jeder d Hos verrisse,
sogar sei Lebe lasse müsse.

„I han koi Angst!“, so ruft alsdann
der tapfre junge Königsmann.
„I muss, es duat mi mächtig jucke,
no heut nach dem Dornrösle gucke.“
Der Alte sagt no: „Lass des bleibe,
du läscht dich en dr Tod neitreibe!“
Doch wie die jonge Kerle send,
er schlägt die Mahnung en dr Wend.

Der Königssohn goht en dr Wald
ond findet au die Stelle bald.
Er macht sich an die Heck, die große,
doch die isch plötzlich voller Rose,
ond alle Dorne an der Heck
send allesamt auf oimal weg.
Ihr fraget jetzt, wieso, warom,
ganz klar: die hondert Johr send rom,
und onser Prinz hat, jede Wett,
mit sellem Tag wohl Dusel ghet.

Die Heck goht uff von ganz alloi,
so kommt er in dr Schlosshof nei.
Was er do sieht, glei henterm Tor,
des kommt ihm ebbes komisch vor:
die Hond, die Gäul, die Katz und Henne,
die lieget alle rom ond penne.

Als nächstes tut er drenne gucke,
do schlafet an dr Wand die Mucke.
Und in dr Küche stoht dr Koch,
der hebt sei Hand grad ebe hoch,
als dät er sich net richtig traue,
seim Lehrling eine ronterzhaue.
Die Magd, die hat, dass Gott erbarm,
ein halb gerupftes Huhn em Arm.
Em große Saal au isch es stumm,
do liegt dr ganze Hofstaat rum.
Dr König, der liegt mitte drin,
ond nebe ihm die Königin.

Doch will er keine Zeit verliere,
er tut den Turm jetzt inspiziere,
goht d Stege nuff und findet glei
des kleine Stüble ond goht nei.
Do liegts Dornrösle wundernett
ond ganz alloi in seinem Bett,
im weiße Kleid mit rosa Tupfe,
am liebschte tät er zu ihm schlupfe.
Er hält sich zrück, des wär net schee,
des Mädle isch erst fuffzehn gwä.
Und außerdem, er weiß, er muss
es erst mal wecka mit me Kuss.

Er bückt sich also zu ihm nieder
ond küsst ihm seine Augelider.
Die schöne Auge öffnet sich.
Sie haucht: „Mein Prinz, ich liebe dich,
ich hab jetzt wahrlich lang gedöst,
ein Glück, du hasch mich jetzt erlöst."

Jetzt ganget se die Stege nonter,
denn dronta werdet alle monter.
Der König ond die Königin,
die setzet auf dr Thron sich hin,
die Dame und die Herre all,
die laufet wieder rom em Saal.
Die Vögel pfeifet ihre Lieder,
die Gäul und Hond, die sprenget wieder.
Und au die Mucke an de Wänd,
die hen jetzt alle ausgepennt.
Des Feuer uff em Herd duat brenne,
es brotzelt en dr Kachel drenne.
Dr Koch, au der wird wieder monter
und haut dem Lehrling eine ronter.
Au d Magd will wieder ebbes tun
rupft fertig jetzt ihr schwarzes Huhn.

Zum Schluss kommt no a Happy End:
Die zwei, die wo sich gfonde hent,
die wollet net bloß zammesei,
den Bund der Ehe gehn se ei.

Kurzum, a Hochzich wird jetzt gmacht,
und gfeiert wird mit aller Pracht.
Sie lebten, so sagt die Legende,
vergnügt bis an ihr Lebensende.

Moral

Ihr habt gehört jetzt mein Bericht.
Was lerne mir aus dere Gschicht?
Des Oglück hat scho do begonne,
wo s Kendle auf die Welt isch komme.
Es gab doch do des große Fescht
und au a Liste von de Gäscht.

Zwölf weise Fraue hat mr zählt,
die dreizehnt aber, die hat gfehlt.
Mr hätt halt bloß zwölf Teller ghett,
des ischt a Ausred, jede Wett!
Wer will, der fendet en seim Keller
Ganz gwiess no en Reserverteller.
Drum sag i, Hausfrau oder –ma,
schafft ihr euch a Service mol a,
no kauft a Dutzend euch plus x,
beim Aldi kostet des fascht nix.

Eine Frage

Ihr hent bestimmt gut aufgepasst.
Jetzt stellt euch vor, als Hochzeitsgascht
send ihr bei dere Hochzich gwä
und hent die schöne Braut au gseh.
Ihr könnt do drüber diskutiere,
mi jedenfalls täts intressiere:
Welch Alter hat sie angegebe,
als sie vor den Altar getrete?

Rotkäpple

Es isch amol a Mädle gwä,
a klois, ond richtig brav ond schee.
Ond wer des kennt in nah ond fern,
der hat des Kend zom Fresse gern.
Ihr Oma au, wie Omas send,
die isch vernarrt ens Enkelkend.
Sie duat, mr kanns ihr net verdenke,
dem Mädle emmer ebbes schenke.

Oimol hat sie, des isch bekannt,
a Käpple gschenkt aus rotem Samt.
Des isch ihr wirklich prima gschtande.
Ond weil des alle so schee fande,
will sie zu ihrem weiße Krage
bloß no des rote Käpple trage.

„Komm her, Rotkäpple," sagt am Morge
ihr Mutter, „du musch ebbes bsorge,
du solltescht d Oma heut besuche,
dort uff dem Büfee stoht en Kuche,
den deen mr en des Körble nei,
drzu des Fläschle rote Wei.
Ihr Blutdruck isch a bissle ronter,
des Weile macht se wieder monter.
Am beste gehscht no heute früh,
weil wegem Wetter weiß mr nie.
Ond gang mr ja net ab vom Weg,
sonsch fällsch womöglich no en Dreck!

No kannsch den Trollinger vergesse,
der Zwetschgekuche, der wär gesse,
ond onser Oma guckt en Mond
ond wird womöglich nemme gsond.

Wenn du in d Stube neikommsch, Kend,
no sagsch du gute Morge gschwend,
duasch s Mütterle a bissle drucke,
ond net en alle Ecke gucke!"
Do sagt s Rotkäpple ond muss lache:
„I werd scho alles richtig mache!
Die Oma wohnt, do ben i bald,
a halbe Stond von do em Wald."

S Rotkäpple macht sich uff die Socke,
goht nei en Wald ganz overschrocke.
Ond wie se mitte drenne isch,
do kommt uff oimol aus de Büsch
a schwarzer Kerle, frisch geschore,
geschniegelt ond mit große Ohre.

Dass des dr Wolf isch, weiß se wohl,
dass der vom Scheitel bis zur Sohl
en Haderlomp isch ohne Gwisse,
woher soll dees des Mädle wisse?

Er grüßt, als wär er gut erzoge,
wünscht guten Tag, doch des isch gloge.
Des brave Kend entgegnet ihm:
„En gute Morge, Herr Isegrim."
Der fragt des Mädle: „Rotkäpple, wie,
wo gohts denn no so en dr Früh?"
„Zur Großmutter, die muss i besuche,
i breng ihr Wei ond Zwetschgekuche.
Sie macht zur Zeit a bissle schlapp,
mit dem kommt sie bestemmt uff Trab."

Der Wolf, der riecht au glei den Brate.
„Ei Mädle, willsch mr net verrate
von deiner Oma die Adress?"
so fragt er ogeniert ond kess.
„Vielleicht komm i die nächste Täg
bei ihr vorbei, so uff em Weg,
no wünsch i ihr, des wär doch schick,
en gute Tag ond recht viel Glück."

Des kloine Mädle fallt druff rei:
„Der isch fei freundlich, heidenei!"
Verzählt dem Kerle detailliert,
wo ihre Oma residiert:
„Herr Wolf, des isch net schwer zom fende,
Sie gehn grad aus, bei dene Lende
gohts rechts, no sehet se au bald

des kloine Haus direkt am Wald.
Am Zaun stehn Haselnüss davor,
ond glei danebe isch des Tor.
Dahinter goht s zur Haustür, gell,
no schellet se an sellre Schell."

„Du appetitlichs Haselnüssle,
du bischt a richtigs Leckerbissle",
so denkt dr Wolf. „Net alle Täg,
lauft mir so n Happe übern Weg.
Des knusprig Deng lässt mi net kalt,
des schmeckt no besser wie die Alt.
Am liebschte tät i beide schnappe,
mit Lischt ond Tücke wird des klappe."

Jetzt tut er so, als ob nex wär
ond dappt a bissle nebeher.
Die Sonne scheint durch Bäum ond Blätter.
Er labert was vom scheene Wetter,
die Vögel tätet so schee senge
und überall die Knospe sprenge.
„Du laufsch ja grad herrjemine,
als würdesch du en d Schule geh,
ond siehsch gar net, du meine Güte,
wie alles stoht in schönschter Blüte.
Guck nei en Wald, isch des net schee?
Do siehsch die schönschte Orchidee!"

„I sehs, Herr Wolf, s isch wirklich wahr,
do blüht ja alles wunderbar.
Sie brenget mi uff die Idee,
ich könnt doch in den Wald neigeh

ond dort en Strauß mit Blume pflücke
ond meine Oma mit beglücke".
„Liebs Kend, des wär ja meh wie gscheit,
Wirsch sehn, dei Oma hopft vor Freud."

„Des Mädle", denkt er, „hats kapiert,
ond alles lauft für mi wie gschmiert.
Lebwohl Rotkäpple, i muss weiter,
muss no a Bsüchle mache, leider,
vergiss net, nette, kleine Maus,
mach no en richtig große Strauß!"

So sagt der Wolf, und mit Frohlocke
macht er sich eilends auf die Socke.
Des Mädle sagt no kurz: „All right!"
Ond goht en Wald nei, zemlich weit.
Es hat beim Suche onterdesse,
was d Mutter gsagt hat, ganz vergesse.

Der Isegrim, der Lompeseckel,
der goht net hoim, noi Pfeifedeckel,
ihr wisst wono, er goht gradaus
ond dann nach rechts zu Omas Haus.
Er drückt an d Haustür mit de Flosse,
doch die isch leider fest verschlosse.
Dann schellt er halt, er isch ja hell,
wie sichs gehört an sellre Schell.

Es dringt ans Ohr vom Isegrim
a kranke, schwache Frauestimm:
„Wer steht denn drauße vor der Tür,
etwa en jonger Kavalier?"
Der Wolf, er haucht durchs Schlüsselloch:
„Ha noi, Großmutter, i bens doch,
dei Rotkäpple, i will de bsuche
ond breng dir Wei ond ebbes Kuche.
Die Mutter hat erst geschtern bache,
en Zwetschgekuche, do wirsch lache."
„Ach Schätzle, i lieg doch em Bett,
dr Schlüssel hängt am Fensterbrett."

Der Wolf schließt uff ond saut ens Haus.
„Zom Fresse sieht se net grad aus,
recht ausgemergelt ohne Zahn,
a bissle aber isch noch dran.
Und isch die Oma au geschwächt,
als Vorspeis isch se scho no recht",
so denkt dr Wolf, „hab i a Glück!"
Und frisst se uff in einem Stück.
Es goht no weiter, dieses Stück,
der Wolf greift jetzt zu einem Trick:

Er tut als Oma sich verkleide,
schlupft en ihr Nachthemd, ganz aus Seide,
setzt s Häuble uff mit rosa Tupfe
ond tut in Omas Bett neischlupfe.
Zum Schluss do zieht noch der Filou,
weils Tag isch, alle Vorhäng zu.
Ond d Decke hoch bis zu de Ohre
ond wartet ab ganz overfrore.

Bald kommt des Mädle au zom Haus,
em Arm en riese Blumestrauß.
Natürlich wondert sich des Kend,
dass alle Türe offe send.
Es goht ens Zemmer ond ans Bett
ond denkt no: Do stemmt ebbes net.
Die große Haub, des lange Ohr,
des kommt mir ebbes komisch vor.
„Großmutter, sag, die große Ohre,
die send dir doch net angebore?"
Die Antwort war: „Die han i dra,
dass i di besser höre ko."
„Ond deine große Auge do?"
„Dass i di besser sehe ko!"

So fragt des Mädle noch ond noch
der Oma schier en Bauch a Loch:
„Die haarig Händ, des große Maul,
ha Oma, do isch doch was faul!"
„Des große Maul, des han i dra,
dass i di besser fresse ka!"
So knurrt der Wolf, fahrt aus em Nescht
ond packt des arme Mädle fescht,

schluckts nonter grad an einem Stück
ond legt sich dann zufriede zrück.

Dr Ranze isch jetzt richtig voll,
In Omas Nescht fühlt er sich wohl.
Jetzt trenkt er no en Jägermeister,
ond dann verlasse ihn die Geister.
Wie he bleibt er em Nescht dren liege
ond schnarcht, dass sich die Balke biege.

Es kommt nach einer halbe Stond
dr Jäger Peppi mit seim Hond
zufällig grad am Haus vorbei
ond hört verdutzt die Schnarcherei.
Er hat sofort a Ahnung ghet:
Do stemmt was mit dr Oma net!
Des hört sich grad so a, als lieg
d Großmutter en de letschte Züg.
Do derf i jetzt koi Zeit verliere,
do muss i nei ond kontrolliere!

Jetzt saut r nei ond staunt net schlecht:
„Herrjeh, i glaub, i seh net recht,
wer liegt denn do em Nescht so gmüatlich?
Dr Isegrim, der Lomp, der liadrich.
Scho lang han i di uff dr Latte,
noch heute werd i di bestatte.
Mei Freind, jetzt isch es aus, des Spiel,
weil i uff deinen Ranze ziel."

Doch halt, do fallt dem Jäger ei:
„Wo wird denn bloß die Alte sei?

Am End hat er, i denk mirs fascht,
des arme Müaterle vernascht.“
Drom legt er jetzt, ond des isch gscheit,
sei Kugelbüchse schnell uff d Seit.

Er zieht sei Messer aus dr Scheide
ond goht dem Wolf ans Eingeweide.
Er schlitzt sein Bauch uff en dr Mitt,
so ogfähr wie beim Kaiserschnitt.
Do duat sich plötzlich was bewege,
a rote Kapp kommt ihm entgege.
Glei druff a Köpfle, ei dr Daus,
ond no hopft s ganz Rotkäpple raus.
Sagt: „Gute Morge, jeminee,
do dren isch s aber donkel gwä.“
Die Oma dann, was ihr gefällt,
au sie erblickt das Licht der Welt.
Sie krabbelt raus ond sagt: „Hallo ,
dass i no leb, do ben i froh.“

Herr Isegrim verpennt die Schose,
denn er liegt do wie en Narkose,
zom Glück! A Wolf lässt solche Sache
normalerweis net mit sich mache.
„Bevor der Kerl fangt a zom tanze,
do fülle mir no schnell sein Ranze“,
so sagt der Jäger, ond die drei,
die schleppet Wackerstoi herbei.
Jetzt nex wie nei mit dene Denger,
ond zugnäht wird der Rattefänger.
Dr Jäger sagt: „Jetzt henter d Hecke,
Mir müsset ons e weng verstecke,

wer weiß, was dieser Nimmersatt
heut alles no uff Lager hat.“

Bald wacht r uff, der arme Teufel,
ond duat sich schwer, ganz ohne Zweifel.
Er wackelt hin, er wackelt her,
sei Ranze isch a bissle schwer.
„I weiß net recht, i ben so voll,
ond fühl mi überhaupt net wohl,
an dera Sach isch ebbes faulig,
die Weiber, die send overdaulich.“
So brommt er vor sich no ond goht
zom Bronne, wo em Garte stoht.
Er ka s zwar schier net meh verschnaufe,
doch er muss dringend ebbes saufe.

Er beugt sich übern Bronnerand,
no isch s passiert, des isch bekannt:
Die schwere Stoi, die ziaget nonter,
der arme Isegrim goht onter.
Sei Lebensuhr isch abgelaufe,
ond er muss jämmerlich versaufe.
Der Jäger ziagt, er hat s geschwore,
dem Wolf das Fell noch über d Ohre.

S Rotkäpple, d Oma ond dr Peppi,
die send natürlich alle happy.
Es wird gehopft, es wird gelacht
ond no a Gartefeschtle gmacht.
Der Jäger stellt die Möbel uff
und sagt: „Wir machen einen druff.“

S Rotkäpple duat a Messer suche
ond schneidet uff den Zwetschgekuche.
D Großmutter köpft des Fläschle Wei,
ond schenkt a jedem ebbes ei.
Sie nemmt au glei en rechte Schluck
ond moint: „Des isch koi Muckefuck!
Der Trollinger, der isch koi Schond,
der schmeckt fei gut ond macht mi gsond,
drom schenk i mir von sellem Wei
am beste no a Gläsle ei."

Die Oma, die isch ganz em Gück.
S Rotkäpple sagt: „I gang jetzt zrück,
zu meiner Mutter hoim en Flecka,
Mei Lieber, die wird schee verschrecka,
wenn i die Gschicht vom Wolf bericht,
i glaub, die überlebt des nicht.
Doch halt! Vielleicht denkt sie am End:
Do fantasiert a weng ihr Kend,
ond i well halt, des tät no fehle,
a schaurigs Märchen ihr verzähle.
Uff jeden Fall ben i jetzt froh,
dass i am Lebe ben heut no.
Mei Großmama, au die isch happy,
Hab Dank, du lieber Jäger Peppi.

Des oine aber merk i mir:
Wenn wieder i em Wald spazier,
no bleib i uff em rechte Pfad
wie s mir mei Mutter predigt hat.
Ond kommt a Wolf daher, a frecher,
no sag i: Freund ond Kupferstecher,

kannsch selber en dr Wald neihopfe,
ond dir en Strauß mit Blume zopfe.
Ond lass mir bloß, du Erzfilou,
die kloine Mädle jo in Ruh!
Verschwend, i will di nemme seh,
sonst mach i aus dir Frikassee!

Moral

Ihr hent vernomme dieses Märle
ond au begriffe: Om a Härle
hätt onser Mädle, wie mir wisse,
ihr jonges Lebe lasse müsse.
Es hätt, ond do isch nex zu wolle,
halt uff ihr Mutter höre solle.
Zom Glück gabs no a Happy End,
ond was drzuglernt hat des Kend.

Om bei dr Mutter no zu bleibe:
Die sott sich henter d Löffel schreibe,
dass sie in Zukunft ond vermehrt
ihr Tochter über Wölf belehrt.
Weil Wölfe send, es isch a Graus,
uff jonge Mädle bsonders aus.
Dr Wolf kommt häufig ganz leschär
Em Schafspelz quasi so daher,
als könnt koi Wässerle er trübe,
in Wirklichkeit isch er durchtriebe.

Ond außerdem, es hat, liabs Kend,
a netter Wolf net obedengt
au Grips em Kopf, beileibe nicht,
des zeigt ons nämlich die Geschicht:
Hätt er a bissle Hirn besessa,
hätt er zuerst s Rotkäpple gfressa
em Wald ond ohne Omweg glei
ond no die Oma hentedrei.

Balladenhaft

Die Weiber von Weinsberg

Frei nach Adelbert von Chamisso

Dr Staufer-König Konrad,
der isch en Weinsberg gwä,
hat mit dem Welf sich prügelt,
ond viele waret he.

Dr Welf, der sucht das Weite,
dr Konrad, der isch froh
ond freut sich scho saumäßig
uff selbiges Chateau.

Die Leut em Flecka aber,
die gebet no koi Ruah,
die gebet sich net gschlage
ond hebet s Stadttor zua.

Dem Konrad seine Manne,
die schreiet: „Ei dr Daus,
Wenn ihr euch net ergebet,
no hongret mir euch aus!“

Sie hent no was em Keller,
doch viel ka s nemme sei
vielleicht a paar Kartoffle
ond ebbes Kernerwei.

Jedoch zwei Woche später
trifft sie dr Honger schwer,
dr letzte Wei isch gsoffe
ond d Eidenschtgläser leer.

Dr Schultes will verhandle:
„Mir machet uff des Tor,
doch bitte mir om Gnade,
ond s kommt au nemme vor!“

Doch Konrad, der isch grantig:
„Von wege Gnade, noi,
Ihr hent mi gnug verseckelt,
jetzt kommet ihr an d Reih!“

No send die Weiber gsauet:
„So lasset ons doch gau ,
mir hen doch nex verbroche,
mir hen nex Orechts dau!“

Dr Konrad hat Erbarme
ond sagt, er wär so fromm,
wenn Weibsleut bei ihm jammret,
no fall er ebe om:

„Von mir aus, ziaget Leine
ond lasst euch nemme seh,
ihr könnt dr Koffer packe
ond au no ebbes meh,

zom Beispiel euern Hausrat,
was ihr so trage könnt,
von mir aus ebe alles,
was ihr am liebschte hent.

Mir lasset euch passiere,
ihr Weibsleut, ihr send frei,
des isch mei Wort als König,
ond keine Schwätzerei.

So morge früh um achte,
do ganget ihr durch s Tor,
die Letzte, die muss schließe
ond schiebt dr Riegel vor."

Am andre Tag um achte,
dr Himmel isch no grau,
Do gibt s em Städtle Weinsberg
a ganz besondre Schau.

Des Tor goht uff ond alle
em Lager vor dr Stadt,
die passet uff, dass alles
sei Richtigkeit au hat.

Sie kommet raus, die Weiber,
mit einem schwere Pack.

Sie traget uff em Buckel,
kenscht moine, s wär en Sack.

Doch des send ihre Männer,
das Liebschte jeder Frau.
Mr sieht, die Weiber waren
scho domols zemlich schlau.

Dr Adjutant vom Konrad
krakeelt: „Ihr Weiber, stät!
Ihr send wohl net recht bache,
so moinet mir des net!"

Dr König Konrad aber,
der moint: „Es bleibt drbei,
weil schlau die Weiber waren,
send au die Männer frei!“

Besenzauber

Frei nach Goethe: Der Zauberlehrling

Hat Brigitte, meine Perle,
Sich doch einmal wegbegeben!
Und nun kann ich armer Kerle
Auch nach meinem Willen leben.
Ihres Wortes Stärke
Geht mir auf den Geist,
Freudig ich vermerke:
Sie ist abgereist.

Und ich walle
Kurze Strecke,
Um die Ecke
In den Besen,
Dass es dorten mir gefalle,
Wo ich lang nicht mehr gewesen.

Und nun sitz ich hier im Besen,
Meinen großen Durst zu stillen.
Bin schon lange Knecht gewesen,
Nun erfüll ich meinen Willen!
Wirtin, liebste, stehe,
Das ist meine Bitt,
Eile nun und gehe
Hin im Sauseschritt!

Walle! walle
In den Keller,

Wo reeller
Wein vom Fasse,
Davon bring in jedem Falle
Deinem Nachbarn eine Tasse!

Seht, sie läuft zum Keller nieder,
Wahrlich! ist schon an dem Fass,
Und mit Blitzesschnelle wieder
Schenkt sie ein das gute Nass.
Schon zum zweiten Male
Kommt sie mit dem Krug,
Füllt mir Schal um Schale,
Jetzt ist es genug!

Stehe! stehe!
Denn ich habe
Deiner Gaben
Viel genossen!
Ach, ich merk es! Wehe! wehe!
Zu viel Wein ist schon geflossen!

Doch die Wirtin find' kein Ende:
Du bist lang nicht hier gewesen,
Darum schenk ich dir behende
Noch ein Viertel ein vom Besen.
Doppelt seh ich alles,
Noch eins schenkt sie ein,
Besen über Alles!
Hoch dem Besenwein!

Walle! walle
Um die Ecke,
Dies zum Zwecke,
Heim zu kommen.
Und ich wanke mit Gelalle
Nach dem Hause, leicht beklommen.

Seht, da naht des Hauses Pforte,
Ziehe gleich den Schlüssel für,
Stecke ohne viele Worte
Diesen in das Schloss der Tür.
In des Flures Mitte,
Ziemlich provokant,
Steht schon die Brigitte,
Besen in der Hand.

Willst du kehren
Mit dem Besen,
Liebes Wesen
Oder fliegen?
Frag ich einfach, um zu klären
Und die Sache umzubiegen.

Da muss selbst die Gattin lachen,
Hat mich in den Arm genommen:
Wollte nur ein Späßchen machen,
Lieber Mann sei mir willkommen,
Doch, das nächste Mal
Nimm mich bitte mit,
Lieber Eh'gemahl,
Das ist meine Bitt!

In die Ecke,
Besen! Besen!
Voll gewesen
Ist mein Gatte,
Doch er ist der beste Recke,
Den ich je besessen hatte.

A Pärle Hoseträger

Auf der Suche im neuen Einkaufscenter

Waret ihr schon amol em Eikaufscenter?
Em neue moin i.
Do hent se jo ombaut, ond wia!
Koi Sau kennt sich meh aus,
do laufsch du ond laufsch wie uff ema Bahsteig.
Ond lenks ond rechts send die Lädle,
oder, besser gsagt, die Schops ond Boutike.

Dia hent alle so en Name, so en auslän-dische,
do brauchsch du verschiedene Wörterbücher,
uff jeden Fall Englisch-Deutsch.
MORE & MORE, Mehr ond Mehr.
Do kriagsch du vielleicht a bissle mehr
für dei Geld.
Oder alles koschtet vielleicht a bissle mehr.
Oder: UNITED COLOURS OF BENETTON.
I weiß net, I kenn die United States of Amerika.
Aber wo die United Colours lieget? Koi Ahnung.
So goht s grad weiter, zom Beispiel Lateinisch:
APRIORI. Von vorne herein,
heißt des.
Isch jo en rechter Bleedsenn, weil von henta
kannsch du jo gar net nei.

Ond was do Leut romlaufet, en dem neue Center!
Von überall kommet se her, en Haufe Jonge.
Ond dia kaufet net oifach ebbes ei, noi, noi,

dia machet Schopping.
Ond Eikaufstasche hen dia koine en dr Hand.
Dafür aber ebbes anders, nämlich so a Handy.
Ond dia telefonieret au emmer
während se romlaufe.
Weiß dr Geier mit wem.

Es isch halt so: Wenn du koi so e Deng
en dr Hand hasch, no kannsch du au
net Schopping mache.
Do fallsch du oagnehm uff.
Do gucket se uff di.
Do bisch du quasi nackt.
Des isch, wie wenn du em Schwemmbad
romlaufe tätsch ohne Badhos.

Damit i au Schopping gehe ka,
han i mir au so a Handy angschafft.
S billigste natürlich, als Schwob halt.
Des koschtet koi Grondgebühr,
ond Gesprächsgebühre fallet au koine a.
I telefonier jo au net, ond i verstand s au net.
I weiß au net, wie mr so a SOS verschickt.
Na, i brauchs halt bloß en dr Hand.
Ond des isch jo au erlaubt.
Des isch wieder wia em Schwemmbad:
Du sottescht a Badhos aziage,
Aber du musch net schwemme.

Jo, ond kürzlich hab i au mei Handy
en d Hand gnomme ond ben Schopping gange,
ens neue Eikaufscenter.

Do kriagsch jo alles, au en Parkplatz.
Au a Pärle Hoseträger.
Han i denkt!

Es kommt im Leben eine Phase,
do ändern sich bei dir die Maße.
Der Gürtel kann die Muskelmassen
beim beschten Willen nicht mehr fassen,
der Hosenbund verliert an Höh
und rutscht nach unten peu à peu.
Du musst erkennen, fällt s auch schwer:
Es müssen Hosenträger her.

Auch ich gestehe gerne ein,
dass ich gehör zu dem Verein.
So hatt ich kürzlich und in Eile
Bedarf an einem solchen Teile.
Ich wende mich, des isch bequem,
an s Breuniland, wir wolln mal sehn.

UNITED COULOURS OF BENETTON,
i glaub, den Lade kenn i schon.
Doch könnet die beim beschte Wille
mir meinen Kaufwunsch nicht erfülle.
Zwar hänget Hose an dr Leine,
doch Hoseträger hen se keine.

Der nächste Schop heißt MÄNNERSACHE,
do lässt sich ganz bestimmt was mache.
I nex wie nei in die Boutike,
doch was do drenne ich erblicke...
Ich sage nur, mei Freund, mei lieber,
do laufet dir die Auge über.
Ich sehe da in allen Längen
die schönste Unterwäsche hängen:
Rosa Slips ond sotte Sachen,
doch Hosenträger? Nix zu machen!

Als nächstes ich an GAP mich wende.
Do hanget Hose ohne Ende.
Grad gnug, so scheint s, mit Träger dra.
Doch guck i ebbes näher na,
do seh i, des send, heidesabel,
jo nex als Diebstahlsich'rungskabel.
So hab i halt auch hier kein Glück
und ziehe mich geknickt zurück.

Doch dann geh ich zum nächsten Schop,
glaub ZERO heißt er, s war ein Flop!
Die kleine Hösle deen mir gfalle,
mit dene Bändele ond Schnalle.

In Lack und Leder eine schnelle
Dame ist sogleich zur Stelle:
„Mein Herr, Sie deen do ometapsen,
wie gfallet Ihne diese Strapsen?
Sie könntet doch mit dene Sache
der Gattin eine Freude mache."
„Ich muss gestehen, die sind top,
doch bin ich wohl im falschen Schop!
Des sind erotische Erreger,
doch leider brauch i Hoseträger."

Nach der Enttäuschung gang i glei
zum APRIORI vorne nei.
Des isch lateinisch, ond des heißt:
von vorn herein, so viel i weiß.
Des dürft jo wohl en Blödsinn sei,
weil henta kannsch jo gar net nei.
Ich wende mich in meiner Krise
bekümmert an die Direktrice.

„Mein Herr, ich kann beim besten Willen
hier Ihre Wünsche nicht erfüllen.
Mir führet viele Ledersache,
doch Hoseträger? Nix zu mache!"

Im Laufe meiner Sucherei
komm am NEW YORKER ich vorbei.
Des isch ein reiner Amischop,
ond dekoriert hen di tip top.
Glei henter ihrer Eingangstür,
do hanget Hose an de Schnür.
Dazwische Luftballon ond Zweter

ond Tennisschläger, zwanzig Meter.
Ein junger Herr kommt zu mir her
und fragt mich gleich nach meim Begehr.
„I see, you have hier Tennisschläger,
have you vielleicht auch Hoseträger?"
„I am so sorry, leider noi,
we have nur Sach für Girl and Boy!"

Verzweifelt renn ich umeinander,
von CLAUDIO zu ALEXANDER,
zu SPRINGFIELD, MUSTANG,
MORE & MORE,
von einem Schop zum andern Store,
von BIBA bis zum AMBIENTE,
auch an CYRILLUS ich mich wende,
sowie BONITA, OUI und BREE,
do packt die Krise mich, o weh!
Begreife wird des jedes Kend,
weil i kein Hoseträger fend.

Frustriert, so streb ich jetzt im Nu,
im Erdgeschoss dem Ausgang zu.
Damit mein Schopping ohne Ende
net ganz omsonscht auf dem Gelände,
nehm i beim Tchibo im Vorbei
en Kaffee mit ond pack ihn ei.
Potzblitz, i glaub, mi dappt a Gaul,
do seh i was, do isch was faul:
Auf einem schwarze Bettvorleger,
do liegt a Dutzend Hoseträger,
die allesamt fast gar nex kosten,
denn Tchibo hat stets Sonderposten.

Versöhnt mit mir ond mit der Welt
ersteh ich sie mit wenig Geld.

Ond die Moral von der Geschicht:
Das Glück, such mit Gewalt es nicht!
Es kommt zu dir, es kommt herbei,
ganz oifach so, ganz nebebei.

Lausige Zeiten im Schulhaus

Ein jeder weiß, was eine Laus
für eine Unruh' bringt ins Haus.
Sie jagt uns Angst und Schrecken ein,
denn meistens kommt sie nicht allein.
Sie tauchen oftmals auf in Scharen
und wohnen in den schönsten Haaren.
Allein schon die Bemerkung, dass...
man hab' gehört, in einer Klass' ...
bewirkt, dass auf dem Kopf es juckt
und gleich man in den Spiegel guckt.

Und so begab es sich vor Tagen,
die Schuluhr hat halbneun geschlagen,
mit sorgenvoller Miene tritt
ins Rektorat mit raschem Schritt,
die Sekretärin, jung an Jahren,
und kratzt sich so in ihren Haaren.
Sie überbringt, ganz ohne Frage,
das Neueste vom heut'gen Tage.

Der Rektor fragt: „Was gibt es Neu's?"
„O jeh, o jeh, scho wieder Läus'!
D Frau Flohmann hat mir grad berichtet,

sie häb a ganzes Nescht gesichtet,
en Klasse zwei bei Sofie Fischer,
sie sei sich ihrer Sache sicher.
Au andre Kinder tät es jucke,
drom soll der Chef amole gucke."

Ein jeder denkt, der Chef tät 's wissen,
er kenne Läuse und auch Nissen.
Er schreitet also zu den Kindern,
um größ'res Unheil zu verhindern,
schaut allen mal in ihre Locken.
Ergebnis: Auf drei Köpfen hocken
die netten Dinger und auch Eier,
auch bei der süßen Susi Meier.

Die Eltern werden nun verständigt,
die Kinder diesen ausgehändigt.
Die Klasse wird, wie 's sich gehört,
an Ort und Stelle aufgeklärt:

Wie sich die Läuse so vermehren,
versucht der Rektor zu erklären.
Und wie sie sich vor allen Dingen
von einem Haupt zum andern schwingen.

Er sagt: „Die Läuse sind mobil
und schöne Haare sind ihr Ziel."
Ein jedes Kind im Zimmer nickt,
das heißt, ein jedes hat 's geblickt.

Der Chef, er kehrt nach dieser Tat
gestärkt zurück zum Rektorat.

„Wie pädagogisch, wie perfekt,
hast du gelöst das Lausprojekt.
Ach, wie erfolgreich war ich wieder“,
so denkt er, und er lässt sich nieder,
fühlt sich gedanklich hingezogen
zu all den großen Pädagogen,
zu Pestalozzi, Kerschensteiner,
Comenius und Rudolf Steiner.

Auf seinem Höhenflug, dem frommen,
bei Montessori angekommen,
da unterbricht ein schriller Ton
den Höhenflug, das Telefon.

Die Sekretärin beugt sich vor
und führt den Hörer hin zum Ohr,
doch gleich darauf ein Stück zurück,
denn was sie hört, das ist nicht schick.

Die Sekretärin, nicht verlegen,
als Prellbock nimmt sie es entgegen:

„I heiß Meier ond ben Vater
von meiner Susi. Des Theater
mit dene Läus en Klasse zwei,
des isch a rechte Sauerei!
Mir hen koi Läus ond keine Eier,
das gibt es nicht im Hause Meier,
ond henter meiner Tochter Ohre,
hent Lehrerfenger nex verlore.
Was Sie do machet, des isch echt
en Eingriff in des Elternrecht.
Mir Meiers möchtet diese Sitte
ons ein- für allemal verbitte!"

Die Sekretärin will was sagen,
da hängt der Hörer schon im Haken.

Wenn einem solches widerfährt,
ist guter Rat schon Goldes wert.
Auf diesen kann man sich verlassen:
Am besten einmal liegen lassen,
denn es ergibt am andern Tage
sich oftmals eine neue Lage.

In diesem Fall, schon nach drei Stunden
ist das Problem vom Tisch verschwunden,
zumindest hat es sich halbiert,
auch dieses wurde hier notiert:

Um 12.30 Uhr ist s genau,
am Telefon ist eine Frau:
„Herr Rektor, derf i onderbreche
ond a paar Wort mit Ihne spreche?
Es handelt sich um heute früh,
ich fend des wunderbar wia Sie
nach Klasse zwei sich schnell begabe
und Schlemmeres verhendert habe.
Für Ihre Omsicht, Ihre Müh,
da schick ich meinen Dank an Sie!“

„Gnä’ Frau, sehr nett, doch weiß ich nicht,
wer da am andern Ende spricht.“

„Ach so, no lüft i jetzt den Schleier:
Die Mutter von der Susi Meier.
An Läusen hen mir ghett zwei kloine,
bei Susi hen mir gfonde oine.
Die andere mit ihre Kralle,
die hat mein Ma heut früh befalle.
Die isch, i sag es frei ond offe,
ihm oifach über d Leber gloffe.“

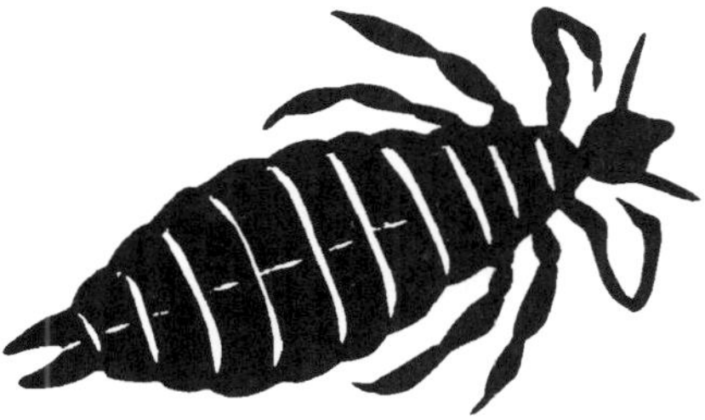

Das Backhausfest

Backe, backe Kuchen,
der Frieder hat gerufen.
Willst du Brot und Pizza backen,
Kuchen und noch andre Sachen,
musst du, soll 's erfolgreich enden,
an Frieder Beck im Dorf dich wenden.

Er backt noch in des Dorfes Mitte
das Brot nach alter Väter Sitte.
So war 's auch Brauch in diesem Jahr.
Es fand sich eine große Schar
im Sommer hinterm Kirchhof ein,
im Backhaus sollte Backfest sein.

Der Frieder hat, er darf nicht ruhn,
am Abend vorher viel zu tun.
So muss er ja vor allen Dingen
die Sachen hin zum Backhaus bringen.
Zum Beispiel zehn Bund Rebenholz
und Mehl der Marke Bäckerstolz.
Die Tüten stellt er auf den Tisch,
aus Weizen, Roggen ein Gemisch.

Nun muss der Frieder sich beeilen
und alles in Portionen teilen.

Das ist nicht leicht bei diesen Mengen,
da muss er mächtig sich anstrengen.

„Herrjeh, wie teil' ich, das wär wichtig,
die vierzig Kilo Mehl denn richtig,
wenn ich ein Dutzend Schüsseln zähl,
wie viel pro Schüssel nehm ich Mehl?
Und wie viel Hefe nehm ich bloß,
damit der Laib wird dick und groß?"
Und weil die Rechnung kompliziert,
entscheidet Frieder ungeniert
- ein jeder Fachmann käm ins Staunen -
nach der Methode Pi mal Daumen.

Als Assistent, auf Frieders Bitte,
macht Franz in jede Schüsselmitte
ne runde Kuhle, nicht zu klein,
in diese soll der Vorteig rein.
Da sagt der Frieder: „Prima so!
Der Vorteig ist das A und O!
Die Arbeit ist für heut vollbracht,
die Teig, der schafft jetzt über Nacht."

Am Samstag früh, so will ’s der Brauch,
hüllt sich das Backhaus ein in Rauch,
weil Frieders alte Weinbergreben
im Nu ein Höllenfeuer geben.
Das ganze Dorf versinkt im Qualme,
die Nachbarn gehen auf die Palme.
Der Heizer Willi ruft: „Juhuu!
Macht alle eure Fenster zu!
Nur kurze Zeit raucht unser Schlot,
wir backen nur ein paar Laib Brot!“

Das Ofenfeuer ist entfacht,
jetzt wird der Brotteig angemacht.
Das Gucken, das ist jetzt zu Ende,
ein jeder nimmt nun seine Hände
und seine Schüssel in den Schoß,
denn nunmehr geht das Teigen los.
Ein bisschen Hefe noch mit Zucker
und eine Hand voll Vogelfutter,
und dann, es ist des Frieders Trick:
Kartoffeln rein, je Pfund ein Stück.

Dann wird gerührt, dann wird gedreht,
der Frieder demonstriert wie ‘s geht:
„Nur frisch hinein und durchgezogen,
wenn ‘s sein muss, bis zum Ellenbogen.
Seht her, ich zeig euch wie es geht.
Nun wird die Schüssel leicht gedreht.
Dann fahren wir, seht her doch bitte,
mit beiden Händen in die Mitte.
Der Teig, der wird jetzt angehoben,
was unten ist, das muss nach oben.

Wenn ihr es macht, wie ich ‘s euch zeig,
dann wird er locker, euer Teig.“
Was Frieder spricht, wie er belehrt,
ein jeder mit Int’resse hört.

„Was macht der Franz, i werd verrückt,
wie der den Teig nach onte drückt.
Mir dean doch heut net betoniere,
o Gott, des goht mir an die Niere!
Du muesch den Teig nach obe hebe,
du nemmsch ihm jo sei ganzes Lebe!
O Franz, grad so muasch weitermache,
no kannsch du glei zwei Stoiner bache!“

Der Franz fühlt sich durch diesen Tadel
wohl alles andre als geadelt.
Doch ohne Wenn und ohne Aber,
er akzeptiert es, wie sein Schwager
als Brotbäck heute ihn belehrt.
Er weiß, er macht es doch verkehrt.
Trotzdem, er ist, wie jeder sieht,
sehr ernst um Besserung bemüht.
Voll Tatendrang er knetet wieder
den Teig nach der Methode Frieder.
Mit beiden Händen zieht er fest
den Teig nach oben, und er lässt
das Ganze in die Schüssel plotzen.
Der Frieder meint: „Es ist zum Kotzen!“

Dies Urteil ist ein scharfer Dorn,
Franz wirft die Flinte in das Korn.
Er wendet sich dann voll Vertrauen

in seiner Not jetzt an die Frauen.
Und glücklich findet er am Ende
zwei ausgeruhte Frauenhände,
die sicher, ohne Starallüren
sein Werk gekonnt zu Ende führen.

Inzwischen aber richtet sich
sein Augenmerk zum Nebentisch.
Der Frieder hat gut vorgesorgt
und einen Trollinger entkorkt.
Sein Eigenbau, das weiß ein jeder,
hebt an das Stimmungsbarometer.
Der Franz ist rasch, was ihm gefällt,
versöhnt mit Frieder und der Welt.

Nun schaut der Franz in aller Ruh
den Teigen in den Körbchen zu.
Sie gehen hoch, er ist gespannt,
auch seiner steht schon bis zum Rand.
Sein Körbchen kann des Teiges Massen,
wie jeder sieht, schier nicht mehr fassen.
So hofft er auch, nicht ohne Grund,
auf schöne Laibe, dick und rund.
Schnell in den Ofen rein, den heißen,
um elfe wird es sich beweisen!

Schlag elf setzt Willi auf die Kappe
und öffnet dann die Ofenklappe.
Und durch die Menge geht ein Raunen,
was da herauskommt, ist zum Staunen.
Wie herrlich ist das Brot geraten,
noch nie sie solche Laibe hatten.

Der größte mit dem schönsten Glanz,
der trägt das Etikett von Franz.
Und alles in der Stube lacht:
„Das haben Frauenhänd vollbracht!“
Doch einer denkt ein bisschen weiter,
der Heizer Willi, ein Gescheiter.
Er denkt, da hätte wer geschummelt
und an dem Etikett gefummelt.
Und dieses mit dem Wunsch, dem frommen,
an einen fremden Laib zu kommen.

Doch dieses bleibet stets Legende,
weil ‘s Brot gegessen. Amen, Ende!

Die grauen Zellen

Wer en a bestimmts Alter kommt, der merkt an sich selber, dass sei Gedächtnis nemme des isch. Ond er stellt fescht, dass seine Mitmensche oft des gleiche Problem hen. Mr versucht, des abzuschwäche, mit verschiedene Methode. Dr oine schreibt sich alles uff, was er net vergesse soll, ond hofft, dass er sein Zettel net verliert. Dr andere macht en Knopf ens Taschetuch nei ond hofft, dass er am andere Tag no weiß, warum do der Knopf dren isch.

Kürzlich hen mr mit em Johrgang en Ausflug gmacht, nach Bebehause. En dr SONNE hen mr s Mittagesse bschtellt, à là carte.
D Sonnewirtin hat gmoint, sie könntet alles schee vorbereite, wenn mr scho em Omnibus onsere Essenswünsche uff dr Speiskart ankreuze ond no mit em Handy bis zehne durchgebe dätet. „Des machet mir," sagt dr Albert, onser Jahrgangssprecher. Aber er hat Bedenke, ob die alle nachher en dr Wirtschaft au no wisset, was se ankreuzt hen. Er goht deshalb uff Nommer sicher und teilt em Bus an alle a verkleinerte gelbe Speiskart aus. Jeder macht sei Kreuzle ond schreibt obe sein Name no. Dr Albert sammelt die Zettel ei ond überträgt die Wünsche auf die große

Speiskart. No gibt r die Zahle telefonisch an d SONNE durch.

Nach der Wanderung om Bebehause goht s nei en d Wirtschaft. Zuerscht dr Albert, weil am Eigang will er zur Sicherheit noch amol alle frage, was se zom Esse bschtellt hen. Zur Kontrolle will er seine gelbe Zettel angucke. „Zom Donnerwetter!“, flucht dr Albert, „jetzt han i alle Zettel em Omnibus liege lasse. Ond der stoht ganz do dronte an dr Tübinger Stroß.“

Ja, ewig fliegt man nicht als Falter,
denn eines Tages kommt das Alter.
Es nahen schleichend sich die Schwächen,
ich wage kaum, davon zu sprechen.
Da gibt es eine, die befällt
auch den, der glaubt, er wär ein Held.
Ich spreche von den grauen Zellen,
die leider nicht mehr richtig wellen.

Ich sag es kurz, die kriegen Falten,
und du kannsch nex meh recht behalten.
Do neulich, i sag s oscheniert,
do isch mir grad so was passiert.
Am Abend war s, i ben no monter,
ond sau gschwend en dr Keller nonter.
Mach d Türe uff, gang an s Regal,
i stand davor ond han die Wahl.
Was wars denn glei, was han i welle?
Das Glas vielleicht mit Mirabelle,
vielleicht die Dos mit Rote Rübe,
vielleicht die Eidenschtreng dort drübe,
die Schlappe dort mit dene Schnalle?
Ja sapperlott, mir isch s entfalle!
Was han i denn bloß hole welle?
O jemine, die graue Zelle!
Was soll i mache, i geb s uff
ond gang halt wieder d Stiege nuff.
Gang gradaus en mei Stube nei
ond hoff, do fallt s mir wieder ei.
Am Esstisch seh i, s isch zom Flenne,
mei Weinglas ohne ebbes drenne.
Des war s, jetzt fallt mr s wieder ei:
Ich wollte doch a Fläschle Wei.

Mei liebe Gattin, die Brigitte,
kommt auf mich zu mit einer Bitte:
„Dätsch net en d Wäschküch nontergange,
do hangt mei Nachthemd an dr Stange,
des duasch mr gschwend nach obe brenge."
Natürlich tu i sofort sprenge
die Staffel na, en d Wäschküch nei.

Doch onte fallt mr s nemme ei.
Ja sapperlott, es isch verscholle.
Was han i denn bloß hole solle?
No sau i ohne blassen Schimmer
die Staffel nuff ens Badezimmer.
Do stoht se barfuß bis zom Hals.
Bei diesem Anblick aber fallt s
mir altem Bachel wieder ei.
Wie ka mr so vergesslich sei!

Om Zehne isch mei Frau verschwonde,
sie ruft: „I schlaf amol Ronde.
Kommscht aber au bald onter d Decke,
du kannsch mi nachher gern no wecke!
Mir könntet doch no ebbes mache,
du weisch, die schöne Nebesache!“
Des hört natürlich gern mei Ohr,
weil so was kommt net häufig vor.
Ganz uffgregt dapp i rom em Haus,
trenk schnell mei Viertele no aus.
Des Angebot, des will i nutze,
due mei Gebiss a bissle putze,
mach s Licht aus, trete leis und still,
ans Bett, wo i was mache will.
Die Gattin liegt schon tief im Schlaf,
ich lege mich dazu ganz brav.
Es senken sich der Augen Lider
und müde werden alle Glieder.
Da kommt es wieder, das Sinnieren:
Da war doch was zu Regulieren,
i han doch no was mache welle!
Scho wieder diese graue Zelle!

Es fallt mir leider nemme ei.
Wie ka mr so vergesslich sei!

Na ja, no schlafet mr halt drüber,
ond morge früh, do weiß i s wieder.

Sündhaft

Wie sein gekommen die Malheur in die Welt? Oder: Die Erschöpfung von die Weib

Eine „deutsch-französische" Version,
wie sie Monsieur Jean Boefle gehört, ausgeschmückt
und eines Abends bei einem Glas Wein weiter
erzählt hat.

Ist gewesen vor viele Jahre, als Monsieur liebe Gott aben gemakt der Welt. Er aben gemakt alle die Land ünd die Mer ünd der Immel, die montagne ünd die Flüss, die Seine ünd die Rhône, auk gemakt die Fisch ünd die bêtes, die böse Tier, die Baum ünd die andere Flanz. Da aben Monsieur liebe Gott gedenkt: Fehlen dir nür nok eine chef für meine jardin de paradis. Ünd so er aben genimmt un peu de terre, ein wenisch

Dreck, ünd aben geformen ein Figür. Dann er aben gesagt: Oküspoküsfifiküs, ünd er aben geaukt: Hhh..., ünd fertisch war l'homme, die erste Mensch.

Die Figür sein gestanden auf, ünd Monsieur liebe Gott aben gesagt: Du sollst eißen Adam; alors, isch will disch maken sü die patrôn von die ganze paradis, sü die chef von administration! Monsieur Adam aben gesagt: Okay, Monsieur liebe Gott! Ünd er sein gegang sü maken une excursion in die jardin du paradis.

Quelques jours après, eine Tage danach, Monsieur Adam sein gekomm sü die liebe Gott ünd aben gesagt: Chef, er aben gesagt, alle bêtes aben eine camarade, die Fisch aben eine camarade, les oiseaux – wie sagt man – die Fogel aben eine camarade, warüm isch nix aben camarade? Warum isch toujour seul?

Monsieur liebe Gott aben gesagt: Bon, j'ai compris! Dü sollst aben auk eine camarade. Ünd er at lassen endormir, slafen ein der Adam. Als Adam sliefte fest, Monsieur liebe Gott aben gemakt une operation. Er at genimmt eine petite côtelette von die Adam. Dann er aben gesagt: Oküspoküsfifiküs, ünd er aben geaucht: Hhh ..., ünd fertisch war Eva, la première femme, die erste Weib.

Als Monsieur Adam waken auf ünd er sehen die belle camerade, was liebe Gott aben gemakt, er aben geruft: O là là! Ünd sein coeur sein voll die plaisir, sein plein d'amour. Ünd liebe Gott aben gesagt: Wakset ünd merret euk. Geet inein, ihr könnt maken pique-nique ünd essen in meine jardin, was ihr wollt, is mir egal. Aber ihr dürf nix manger von die Baum mit meine renettes privates! Das sein verbotten, interdit! Absolüment interdit! Alors, die Adam aben genimmt seine jeune femme in die bras, in die Arm, ünd ist gegang in direction jardin su flânir ünd amüsir.

Quelques jour après, pour passer le temp, Madame Eva maken une promenade in die jardin. Ünd sie komm vorbei an die Baum avec les reinettes privates von Monsieur liebe Gott. Auf die Baum aber sitzen le diable, die Teufel in die Üniform von eine Klapperslange. Ünd er maken une grimace très raffinée ünd aben gesakt: Allo, madame! Komm essen eine pomme! Sein exotique ünd extraordinaire!

Aber Madame Eva aben gesagt: Ne rien, nix sü maken! Das sein interdit! Absolüment interdit! O là là, ma chère Loulou, vous êtes serr stüpid, aben da gesakt die Slange, nix is verbotten! Komm sein flexible ünd courageuse! Wenn du aben probiert eine pomme, dü werden wissen alles! Deine Augen dir werden geen auf! Dü werden sein magnifique comme dieu, wie liebe Gott!

Ünd weil Madame Eva war gierig auf neu, sie at genimmt eine pomme ünd at mangé von die pomme und at gesakt: Sein très bon, auk zu maken une confitüre! Ünd dann sie at genimmt mit eine Prob von die pomme für Monsieur Adam, ünd Monsieur Adam haben auk probiert von die pomme.

Aber da sein gekomm eine große Donnerwetter. Die Well von die Meer sein gegankt och ünd aben gemakt wüppdik – wüppdik! Ünd Monsieur liebe Gott aben geruft mit fürkterbare Stimm: Adam! Adam! Où sein dü Lümp? Komm ier ärr ! Dü sein grand filou!

Aber Adam ünd Eva aben geabt beaucoup de peur, großen Furkt. Sie aben gesittert, ünd Monsieur Adam aben geruft: Kann nix komm, liebe Gott! Wir aben nix garderobe, nix clamotte, nix aben costume, nix einmal Bikini! Wir sein nakkelig!

Ünd sie aben gemakt sich snell une petite costüme von die feuilles, von die Blatt von die Feikenbaum. Dann sein arrivé Monsieur Gabriel von die gendarmerie dü paradis. Er aben gewesen très rabiate, aben gesakt grand blamage ünd grand bagage ünd genimmt Monsieur Adam et Madame Eva bei die Slawitsch ünd sie gesmissen raus. Devant la porte dü paradis, vor die Tür.

Ünd Monsieur liebe Gott aben gerufft fürkterbar: Jetzt sein fini die plaisir, weil ihr seid nix georsam! Jetzt ihr sollt travailler, ihr sollt arbeit, in transpiration – in Sweiß – von votre visage, wenn ihr wollt manger dü pain! Ünd dü, dü diable, dü sollst bleib toujour eine Klapperslange ünd solls marcher sur le Bauk ünd manger dü Dreck!

Ünd so, meine Lieben, sein gekomm die malheur in die Welt, weil Madame Eva aben genascht eine pomme von die reinettes privates von Monsieur liebe Gott!

Frei erzählt und ausgeschmückt nach einer Veröffentlichung in „Freut euch des Lebens“, Hg. H. Leonhardt, Gütersloh 1959, Verfasser unbekannt.

Der Sündenfall

Eine schwäbische Version

Vor viele tausend Johr isch s gwä,
do hat s die Welt wie heut net gä,
die isch do erscht erschaffe worde,
von Ost nach West, von Süd nach Norde.

Die Berg ond Täler, Meer ond Land,
die Luft, die Wolke, Staub ond Sand,
dr Mond, die Sterne, Tag ond Nacht.
Des alles hat dr Herrgott gmacht.

Doch dabei isch es net gebliebe:
Die Pflanze alle, Kraut ond Rübe
ond jede Menge Tierle au,
die Vögel ond Forelle blau.
Halt alles, was so kreucht ond fleucht,
au Viecher, wo mr gar net bräucht.

Am sechste Tag genau isch s gwä,
dr Herrgott sagt: „S isch recht ond schee,
doch ebbes, i will s net verhehle,
tuat mir an meiner Schöpfung fehle.
A Ma muass her, des isch doch klar,
so quasi als mei Kommissar,
mit ebbes Grips em Meckel drenne.
Uff drei sott er scho zähle könne.
Der muass koi große Töne spucke,
halt oifach nach em Rechte gucke.“

Gesagt, getan, s isch koi Problem,
dr Herrgott nemmt en Bolle Lehm,
vermischt a bissle mit Zement
ond dalgt en rom en seine Händ.
Scho isch se fertig, die Figur,
en Ma, mit sauberer Statur.
Jetzt muass er bloß no Luft neiblase,
ond des passiert direkt durch d Nase.
Tatsächlich, er bewegt sei Fenger,
ond plötzlich stoht er na, der Denger.

Dr Herrgott sagt: „Du bisch koi Geischt,
du bisch dr Adam, dass des weischt,
i hab die extra heut erschaffe,
a bissle gscheiter als die Affe,
weil du muasch mi em Garte Eden
ab heut als Kommissar vertreten.
Ich hoff, du nemmsch die Sache ernscht,
dass dich net unerlaubt entfernscht.
Sonscht zeig i dir die rote Karte,
weil Eden isch koi Schrebergarte."

„I han", sagt Adam, „meine Schwäche,
doch will en d Hand nei i verspreche,
dass i, au ohne ein Gehalt,
den Garte schee in Ordnung halt.
I werd ihn glei mol inspiziere
ond gang em Paradies spaziere."

Er lauft em Garte auf ond nieder
ond zeigt am dritte Tag sich wieder.
Er spricht au glei dr Herrgott a,

in heikler Sache, Ma zu Ma:
„I lauf do rom em Garte Eden
ond tua mit dene Viecher reden.
Do stell i fescht, Herrgott, gerechter,
es gibt jo zweierlei Geschlechter.
Von alle dene Tierle hat
a jeds en eigne Kamerad,
die Vögel, Frösch. Ond die Karnickel,
die hen glei mehrere am Wickel.
Bloß i, i dapp als Obekannter
alloi ond oizecht omenander.
Ond so was nennt sich Paradies,
i sag s grad raus, des isch a Bschiss.“

Dr Herrgott moint: „Du hasch ja Recht,
dir fehlt des weibliche Geschlecht.
Au du sollsch net enthaltsam lebe,
drom will i dir a Eva gebe.“

Dr Adam legt sich uff dr Bode,
er kriagt a Spritz en seine Pfote,
ond ohne viel zu diskutiere
tuat jetzt dr Herrgott operiere.
Er schneid ihm oifach ambulant
a Ripple raus, ganz elegant.

Es isch, i sag euch die Erklärung,
die ungeschlechtliche Vermehrung,
die Art, die hat s ja lang scho gebe,
em Weinbau bei de Wengertrebe.
mr schneid a Stück vom Stengel runter,
egal ob Riesling, ob Burgunder,

ond drückt ihn en dr Bode nei.
Des isch die ganze Hexerei.

Die Eva hockt scho uff em Rase,
dr Herrgott tuat no Luft neiblase.
No stoht se uff, do kannsch bloß gucke,
dem Adam, dem bleibt weg die Spucke.
A saubers Mensch rein kreatürlich
ond neckadich wie er natürlich
ond schlank wie eine jonge Tanne
ond vorne mit zwei Äpfel dranne.

Dr Adam, der isch hingerisse
ond denkt, mit der ben i net bschisse,
spürt Schmetterleng en seim Gedärm
ond nemmt se glei en seine Ärm.
Er sagt: „Seit heute weiß i gwiess,
mir zwei, mir send em Paradies."
Dr Herrgott sagt: „Jetzt ganget no,
vermehret euch halt irgendwo.
Ihr hent jo Platz em Paradies.
Ond überhaupt, i sag s präzis,
ihr könnet lebe nach Beliebe,
es wird euch gar nex vorgeschriebe.
Bloß ois, des isch mei oinzge Bitte,
der große Baum dort en dr Mitte,
es isch en Apfelbaum, a scheener,
mei ganz privater Goldparmäner,
den lasset ihr mir fei en Ruh,
die Äpfel send für euch tabu.

Die Eva hängt beim Adam ei
ond goht mit ihm no weiter nei
ens Paradies zom romflaniere.
No denket beide beim Pussiere:
Noi, scheener ka s jetzt nemme werde,
mir zwei hens Paradies uff Erde.

Nach ein paar schönen Flittertagen,
do hat sich ebbes zugetragen:
Die Eva goht a bissle gaffe,
sie hat jo weiters nex zom schaffe.
Dr Zufall will es sozusage,
dass sie bei dene Obstanlage
den Goldparmäner glei entdeckt,
en Äpfel, der wo gwiess gut schmeckt.
Sie weiß, die Sach isch delikat,
der ghört em Herrgott ganz privat.

Doch uff dem Baum, do hockt a Viech,
der Teufel isch des, wo do kriecht,
als Klapperschlang perfekt getarnt,
die onser Eva glei umgarnt:
„Hallo, wer kommt denn do vorbei?
Ha so a saubre Nackedei!
Komm no ond tu di net geniere,
kannsch gern a Äpfele probiere.
Die Züchtung kommt aus La Paloma
ond hat a wunderbars Aroma."

„Do isch," sagt Eva, „nex zu mache,
do hätt dr Teufel was zom lache.
Von dene lass i meine Pfote,
dr Herrgott hat se mir verbote."
„Hano, hano", sagt do die Schlange,
„jetzt tu dr no en Äpfel lange.
Hier nemmt mr des net so genau,
ond außerdem, des merkt koi Sau.
Hasch du dir einen Äpfel gnomme,
wirsch du als Mensch erst recht vollkomme,
no wirsch du ähnlich sei wie Gott,
des wär doch ebbes, saperlott!
No gehn dir, ond des isch koi Bluff,
erst richtig deine Auge uff.
Ond du wirsch gscheit ond alles wisse,
Eva, los, jetzt nemmsch en Bisse!"

Em Geischt isch d Eva zwar no wach,
ihr Fleisch isch aber zemlich schwach.
„No ben i halt", sagt sie, „so frei,"
ond beißt en sellen Apfel nei.

„Der schmeckt ja wirklich delikat,
des gäb en guate Obstsalat
ond au en prima Apfelkuche,
den muss dr Adam au versuche."
Dem brengt se au en Apfel heim.
Dr Adam goht ihr uff dr Leim.
Kaum beißt der en den Apfel nei,
scho goht se los, die Sauerei.

Durch d Gegend flieget Büsch ond Blätter,
ond no, a siedigs Donderwetter,
en Sturm mit Hagel, Blitz ond Rege
siehsch durch den Garten Eden fege.
Ond plötzlich hörsch du en dem Toben
a fürchterliche Stemm von oben:
„Wo stecksch du, Adam? Erzfilou!
Mir spielet jetzt net Blindekuh!
Du Haderlomp, komm uff dr Stell
zu mir daher, jetzt isch Appell!"

Die Eva schlupft zom Adam na:
„I han so Angscht, mei lieber Ma."
„I au, mir klappret scho die Zeeh,
han Schweißausbruch ond Mageweh."

Dr Adam ruft zum Hemmel nuff:
„Herrgott, mir send heut net gut druff
ond müsset desweg leider passe,
au ka mr ons net saue lasse
so näckedich mit null Klamotte,
do tät mr ons ja schee verspotte!"

En Feigebaum stoht en dr Näh
mit scheene Blätter, groß ond zäh.
Mit solche deen se sich bedecke,
die schützet au glei vor de Zecke.
Die Eva nemmt drei auf die Schnelle,
dr Adam ois für d heikle Stelle.

Jetzt kommt daher a großer Ma
mit riese Flügel hentedra.
Des isch dr Engel Gabriel,
der sagt: „I han en Haftbefehl!"
macht s Törle uff ond schmeißt se naus
ond sagt: „Das Spielchen isch jetzt aus."

Dr Herrgott ruft vom Hemmel ronter:
„Ab jetzt goht s anderstrom, ihr Donder,
vorbei isch s mit Schlaraffia,
mit Trallala ond Hoppsassa.
Des Paradies isch für euch gschlosse,
weil ihr send übers Ziel nausgschosse.

Ihr hent, ihr brauchet gar net flenne,
euch leider net beherrsche könne.
Ihr könnet nemme romschmarotze,
ab heute müsst ihr selber glotze,
dass ihr was uff dr Teller krieget,
weil bratne Täuble nemme flieget.
Vorbei isch s Omanandergaffe,
ihr müsst jetzt uff em Acker schaffe,
au wenn ihr schier em Dreck versaufet
ond d Bria euch übers Gsicht nalaufet.

Ond du, du teufelhafte Schlang,
du sollsch ab heute lebenslang
zur Straf uff deinem Bauche krieche
ond bloß no Dreck zum Fresse kriege."

♣

Ond so, ihr Leut, i sag s beklomme,
isch s Oheil in die Welt gekomme:
Die Eva konnt es net verhebe,
hat gmoint, sie müsst no besser lebe,
es müsst en Apfel her en scheener
vom Herrgott seine Goldpärmener.

Lehrhaft

An meinen Sohn

Dein höchstes Ziel, mein Sohn, auf Erden,
ist dieses: EIN BEAMTER WERDEN.
Bereits von früher Jugend an
entscheide dich für diesen Plan.

So bleib, mein Junge, stets bestrebt
- dein Vater hat s dir vorgelebt -,
auf dem gebahnten Weg zu gehen
und nie nach links und rechts zu sehen.

Du wirst von Stuf zu Stufe steigen,
ein bisschen Fleiß nur musst du zeigen,
und alles findet schön und glatt
nach der Beamtenlaufbahn statt.

Für dein Bemüh'n wirst du bezahlt,
zum Ersten kriegst du dein Gehalt.
Es ist nicht viel, es ist nicht wenig,
doch es steigt sicher, es steigt stetig.

Es kommen bald, das ist der Clou,
Beförderungen auf dich zu.
Und Titel werden dir verliehen,
DIREKTOR wird gewiss dir blühen.

Am Ende deiner Lebensreise
kannst du getrost und stolzerweise
von dir behaupten, das ist wahr:
Seht her, wie musterhaft ich war!

♣

Die Zeilen schrieb ich dir, mein Sohn,
es sind wohl zwanzig Jahre schon.
Du hast dich aber nicht gehalten
an diesen Vorschlag deines Alten.
Ein freies Leben willst du führen?
Mein Sohn, ich muss dir gratulieren!

Frau – Gattin – Gemahlin

Ein Mann strebt nach dem Ehebund
und nimmt 'ne *Frau* aus diesem Grund.
Der eine oder andre Mann,
vertraut sich einer *Gattin* an.
Und mancher will noch Bess'res wählen
und mit *Gemahlin* sich vermählen.

Schon immer ist es so gekommen:
Aus Liebe wird die Frau genommen.
Plagt Eitelkeit den Täuberichen,
wird er die Gattin ehelichen.
Und hat der Ehrgeiz ihn gepackt,
sucht mit Gemahlin er Kontakt.

Die Frau, die hat der Mann für sich,
und das nicht nur gelegentlich.
Die Gattin ist nicht oft vorhanden,
die hat er mehr für die Bekannten.
Und die Gemahlin, wohingegen,
wird in Gesellschaft sich bewegen.

Bist krank du oder veilchenblau,
dann pflegt dich treulich deine Frau.
Die Gattin ist ein bisschen nett,
weilt ab und zu an deinem Bett.
Und die Gemahlin beim Entschwinden,
erkundigt sich nach dei'm Befinden.

Im Haus die Arbeit und im Garten,
besorgt die Frau, Mann kann's erwarten.
Die Gattin, sie macht einen Plan
und ordnet diese Arbeit an.
Gemahlin steht im Dekolleté,
die Mode, das ist ihr Metier.

Der Mann geht mit der Frau spazieren,
auch wandern oder rumflanieren.
Doch mit der Gattin fährt er aus
und kauft ihr einen Rosenstrauß.
Gemahlin, die wird er begleiten
zu glamourösen Festlichkeiten.

Wenn Sorgen dich als Mann ereilen,
dann wird die Frau sie mit dir teilen.
Die Gattin doch, getarnt als Fee,
nimmt Anteil mehr am Portmonnaie.
Und die Gemahlin, ohne Gnade,
macht Schulden dir, und das ist schade.

Gehst du für ewig von den Deinen,
wird deine Frau dich sehr beweinen.
Die Gattin wird an diesen Tagen,
des Gatten Heimgang wohl beklagen.
Und die Gemahlin bei der Scheidung
trägt elegante Trauerkleidung.

♣

Dies sag' ich allen Junggesellen,
bevor die Hochzeit sie bestellen,
und möchte ihnen sehr empfehlen,
sich eine Frau zur Frau zu wählen.
Zwar soll es heut auch Männer geben,
die einen Mann als Frau erwägen,
doch dieses wär ein heikler Titel,
drum schweige ich zu dem Kapitel.

Die Nase

Aus: Ernst Friderich Zobels neu angerichtetes Hand- und Reisebuch Für alle und jede in die Ferne ziehende Junge Personen Sowol Kaufmanns-Bediente, als auch andere Künstler und Handwerks-Gesellen. Nürnberg 1775.

1. Die Nase halte immerzu reinlich, und putze dieselbe zum öftern vermittels eines Schnupftuchs, und ja nicht mit den Fingern, damit der Unrath auf die Erde falle, woran alsobalden ungeschliffene grobe Leute zu erkennen sind.

Nimm auch hierzu nicht ein Kleid oder Ermel, wie viel säuische Leute gewohnet sind.

Bei Regel eins sollsch du bedenken:
halt emmer sauber deinen Zenken.
Des heißt, dei Nase öfters putze
ond immer s Sacktuch au benutze,
dein Rotz net oifach mit de Pfote
nach onte schlenkre uff dr Bode.
So einem, dem wird net verziehe,
der wär als Dreckschpatz glei verschriee.
Du därfsch au s Hemmed net benutze,
und d Nas net mit em Ärmel putze!
Duat oiner so den Rotz verschmiere,
den kannsch als Drecksau tituliere.

2\. *Und wann du dich schneutzest in Gegenwart anderer Leute, so wende das Haupt auf die andere Seite, oder da auch dieses nicht ohne jemands Anschauung geschehen kan, so halte den Huth oder ein ander Schnupftüchlein vor.*

Send andre Leut no om di rom,
zom Beispiel des Kollegiom,
duasch hehlingen uff d Seite gucke
ond heimlich halt dei Sacktuch zucke.
Doch hasch du emmer no des Gfühl,
mr guckt uff di ond dei Profil,
no nemmsch halt oifach schnell dei Kapp
ond decksch mit der dein Meckel ab.
A zweites Sacktuch könnt s au sei,
doch des hasch meistens net dabei.

3. Grable nicht mit den Fingern in den Nasenlöchern, noch weniger ziehe damit einen Unflath heraus, womit den Leuten ein großer Eckel verursachet würde.

Gar mancher duat gern traumverlore
in seine Naselöcher bohre,
mit seine Fenger - welch ein Graus! -
ond ziagt, ihr wisset was, heraus.
Ond wenn er des vor andre macht,
no ghört ihm Prügel, eine Tracht.
Drom lass des lieber bleibe, bitte,
s isch gege die Moral ond Sitte!

4. Sitzest du bei Tische, so halte das Tellertuch für, und verbirg dich mit dem Haupt so viel möglich, damit man nicht sehen möge, wie du dich mit dem Schnupftuch schneutzest. Hüte dich aber, daß du nicht ein großes Geräusche machest, als ob einer auf der Trompete bliese, noch zu sehr schnarchest, den Unrath los zu machen.

Wenn du en feiner Gsellschaft bisch,
zom Beispiel am Geburtstagstisch,
no duasch du dei Serviett entfalten
ond seitlich vor dein Grend nahalten,
so weit wie möglich den verdecke
ond no dei Nas in s Sacktuch stecke.
Jetzt kannsch du schnäuze, aber sacht,
uff koin Fall, dass die Schwarte kracht!
Den Rotz net nuff ond ronter ziegen,
lass lieber was im Zenken liegen.

5. So du die Nase gereiniget hast, betrachte hernach nicht im Schnupftuch wie es aussiehet was du herausgebutzet, was anderen einen Eckel verursachet.

Hasch du dann endlich mit Bravour
beendet diese Prozedur,
dann solltesch du jetzt nicht versäume,
diskret dei Sacktuch wegzuräume.
Du wirsch do scho a Plätzle fende,
uff jeden Fall, lass es verschwende!
Eins muasch uff alle Fäll vermeide:
dei Sacktuch vor dir auszubreite
ond no den Inhalt anzuglotze:
Des fendet jeder gwiess zom Kotze.

Dinieren in Frankreich

Eine Handreichung für Freund Frieder
und andere Touristen.

Diniere en Frankreich? Du ziegsch de schee a
ond gohsch en a Wirtschaft, ins Restaurant.
Du möchtesch do drenna dein Honger stille,
doch sottescht du net bloß dr Mage fülle.
Du gohsch net bloß esse, du duasch *diniere,*
den Abend genieße, dich net *blamiere.*

Du wirsch glei begrüßt: *Bon soir, Monsieur,*
voilà une place für die *hautevolée.*
Do hocksch du di na, sagsch *merci Madame,*
la carte s'il vous plaît, des Speiseprogramm!
Mr fragt di zuerscht: *Voulez-vous aperitif?*
Des duasch oin bestelle, do liegsch net schief.
En *Porto, Campari,* en *Kir Royal,*
Martini, Muscat, em Grond ischs *égal.*
Er soll dir halt oifach dein Honger steigre,
ond deshalb sottescht den net verweigre.

No bstellsch *à la carte* die Vorspeis, s *entrée,*
terrine vielleicht oder oifach *patée.*
Ond willsch *vitamine,* no nemmsch *une salade,*
zom Beispiel en greana *avec une tomate,*

serviert wie bei ons,
in *sauce vinaigrette,*

au Brot isch dabei,
en Riebel *baguette*.

Willsch du ebbes Bsonders, *une specialitée,*
no denksch an Schnecke, *escargots* in *rosé,*
an *cuisse de grenouille,* vom Frosch die Schenkel,
serviert en re *grande casserolle* mit Henkel.

Beim Hauptgang möcht i dir wärmschtens rate
zu *rôti de boeuf,* a Stück Renderbrate,
mit Rotweisößle, *garni sauce Bordeaux,*
vielleicht au mit Pilzle, mit *sauce champignon.*
Hasch Luscht uff en Gicker, *pas de problème*:
Madame, s'il vous plaît, un poulet à la Crème.

Als Beilage kriegsch du,
des isch doch sehr nett,
uff jeden Fall emmer
en Riebel *baguette*.

Ansonsten gibts häufig die *pommes de terre,*
s isch wie bei de Preuße, Kartoffle müsst her.
Doch fall mir deshalb net in *depression,*
do gibts nämlich *beaucoup de variations*:
Die *pommes nature,* des send Salzebiere,
doch die wirsch am wenigste *akzeptiere,*
salade de pomme, den kannsch vergesse,
den duasch du besser dahoim wieder esse.

Net schlecht send brägelte, *pommes sautées,*
au Brei aus Kartoffle, die *pommes purées.*
Doch hasch auf *Frittiertes* du *grand appetit,*

no sagsch du: *Madame, a portion pommes frites.*
Die Teigware han i dir bisher verschwiege,
von dene wirsch au koi gscheite net kriege.
Bei Spätzle, do haperts, die kennt koi Mensch,
uff koin Fall die, wo em Schwobeland fendsch.

Doch des isch net schlemm,
ond ärger dich net,
weil du hasch no emmer
en Riebel *baguette.*

Als Beilage reicht mr au oft ein Gemüse,
des heißt dort *légume* ond des kannsch genieße.
Die gelbe Rübe, die heiße *carottes,*
chicorée heißt endive, so isch des halt dort.
concombre isch Gurke, Zucchini *courgette,*
chou rouge isch Rotkohl, der passt zu *côtelette.*
Tomates, die kriegsch *à la provençale,*
haricots, grüne Bohne, die gibts überall.

Verhongre duesch du
en Frankreich jo net,
zu allem gibts nämlich
en Riebel *baguette.*

Hasch du dich entschiede, no musch bedenke,
was willsch zu deim gute Esse au trenke.
Des *eau robinet* stoht scho uff em Tisch,
des kommt aus em Hahne, isch emmer frisch.
A Viertel zom Esse tät ich dir empfehle,
doch des brauch i dir ja net zu verzähle.

Die Grundregel lautet: Isch d *sauce* eine helle,
no wär ein *vin blanc* an der richtigen Stelle.
Ond soll es ein Weißer vom Beschte sei,
No nemmsch vom *Riesling d'Alsace a bouteille*.
Isch donkel des Fleisch wie au die *sauce,*
no memmsch en *vin rouge*, der passt famos.
En *Côte de Rhône* oder au en *Bordeaux,*
weil die send bekannt für ihr hohes *niveau*.
Du weisch, uff dein Trollinger musch du verzichte,
weil den duen die Schwobe jo selber vernichte.

Uff jeden Fall legsch du
uff dei *serviette*
zom Gläsle mit Wei
en Riebel *baguette*.

Der Hauptgang isch rom, dei Teller isch leer,
den därfsch du jetzt putze ond niemand guckt her.

Des Tischtuch natürlich,
des nemmsch du net,
du nemmsch ganz oifach
en Riebel *baguette*.

Als nächstes kommt jetzt der Gang mit Käs.
Fromage, den gibts *original francaise*.
D' Franzose, die machet den allerorte,
drom hent die an Käs cirka dreihondert Sorte.
Zum Beispiel den gute *Camembert ferme,*
den *Gorgonzola,* von dem i so schwärm.
Très bon isch der *Münster,* der isch so rezent,
wie onser Bachstoi mit siebzig Prozent.

Willsch Käs von der Ziege, no sagsch *discret*:
fromage de chèvre, Madame, s'il vous plaît!

Serviert wird *fromage* uff re große Platt,
ond jeder wird gfragt, welche Sort er gern hat.
Des Raschneide duasch net selber besorge,
ond tupper nex ei für dr andre Morge!
Bei so einem *fauxpas*, do wärsch du erledigt,
die deutsch-französische Freundschaft beschädigt.

Den Käs iss nie ohne,
des wär jo zu fett,
nemm emmer drzu
en Riebel *baguette*.

Jetzt kommt dr Nachtisch, mr sagt *dessert*,
do hasch a Auswahl, des isch koi *affaire*.
Une tarte de pomme isch en Äpfelkuche,
auch *tarte de fraise* kannsch du versuche.
Doch denke bei *fraise* net an Gefräß,
des isch koi Gruscht, noi, Breschtleng send des.
Ond willsch was schlecke, no bstellsch a *mousse*,
a *mousse au chocolat*, des isch en Genuss.
Vielleicht *une crème* mit *Cognac flambé*,
Die macht dr chef selber, heißt *crème brulée*.
Möchsch lieber a Eis, no sagsch ohne Schrecke:
Madame, s'il vous plaît, une glace zom Schlecke.

Den Nachtisch isst mr,
sei bitte so nett,
natürlich nie mit
ma Riebel *baguette*.

Zom Schluss wirsch gfragt: *Monsieur un cafe*?
Hasch Luscht uff oin, sagsch net oifach okay,
sagsch *oui, Madame*, ond *avec plaisir*!
No weiß *Madame*, der Schwab hat *Manier.*

Ond bisch du dann fertig mit *diniere*,
no musch dich uff keinen Fall *geniere*,
zom Schluss no a Schnäpsle zu bestelle,
en *Cognac*, en Willi oder au *Mirabelle*,
den kriegsch *separat* em Gläsle *serviert*,
auf Wunsch au en dei Tass nei *jongliert*.

Beim Uffsteh duasch grüße:
Messieurs Dames, bonsoir!
gohsch nuff en dei Nescht oder nieber an d *bar*.

Besuchsch du die *bar*
ond später dei Bett,
no nemmsch no was mit:
vielleicht a *baguette*?
Oder gar von dr *bar*
die nette Babett?
O je! I weiß net!

Die Weinprobe

Im Weinbau ist er alter Hase,
er kennt die Reben und den Wein.
Gelassen greift er hin zum Glase
Und gießt sich einen Roten ein.

Zuerst prüft er mit Kennerauge
und hält das Glase hin zum Licht,
ob klar und rein der Saft der Traube
und ob er funkelt oder nicht.

Nun schwenkt das Glas er leicht im Kreise,
es findet eine Prüfung statt,
bei der die Nase ihm beweise,
ob dieser Wein Bukett auch hat.

Nun folgt der Prüfung nächste Runde,
die Gaumenprobe ist jetzt dran.
Er führt das Glas nun hin zum Munde,
damit der Saft schön fließen kann.

Ein Schluck nur, und dann innehalten,
am Gaumen muss der Tropfen sein.
Es können sich dann voll entfalten
Frucht und Aroma von dem Wein.

In alle Winkel lässt er 's rinnen
und beißt den Wein, wie sich 's gehört,
genießet dann mit wachen Sinnen,
was Bacchus heute ihm beschert.

Es öffnet sich alsbald die Kehle,
der edle Saft, er fließt befreit
zu jenem Ort, ich nenn ihn Seele,
zur Mitte der Glückseligkeit.

Scherzhaft

Aprilmorgen

oder:

Sie ist 's

Sie kennen die wunderbaren Gedichte von
Eduard Mörike? Er ist's: Frühling lässt sein blaues Band...
Septembermorgen: Im Nebel ruhet noch die Welt...
Der Feuerreiter: ...Ruhe wohl, drunten in der Mühle!
Sie finden sie wieder in dieser Parodie.

Im Nebel ruhet noch die Welt,
noch träumen Wald und Wiesen.
Hinauf geht es vom Klösterlein
zum Höhenweg im Sonnenschein,
die Lüfte zu genießen.
Streife ahnungslos den Tann
und komm bei der Kapelle an.

Da steht am Rande unverstellt
ein kleines Bänklein wie bestellt.
Ich lass mich darauf nieder
und träume nun im Sonnenschein
von Veilchen und der Liebsten mein.
Wo mag sie nur geblieben sein?
Seh ich sie jemals wieder?
Ich möchte sie verlieren nit.
Da, horch!
Von fern ein leiser Wanderschritt,
von fern ein leiser Ton!
Wer ist's? Der Frühling in Person?
Wird er nun zu mir kommen?
Brigitte!! Ja, sie ist 's!

Dich hab ich vernommen!
Zu mir die Liebste sich gesellt,
und dieses Bänklein wie bestellt,
und ohne Prüfung, ob es hält,
hat hurtig sie erklommen.

Wohlauf, wohlab, die süße Last
drückt mächtig auf das alte Brette.
Zu früh du dich gefreuet hast,
das frische Gras wird dir zum Bette.
Es neigt die Liebste sich zur Erden,
als wollte sie geküsset werden.

Und plötzlich flattert durch die Lüfte
Brigittes Rock und ihre Hüfte.
Und der Ahnungslosen Glieder
neigen sich zur Erde nieder.
Sie breitet aus die Arme noch...
Husch! Da fällt Brigitte doch!
Ruhe wohl,
ruhe wohl,
hinter der Kapelle!

Frühlingserwachen

Dr Frühling mit seim blaue Band
ond seinem Frühlingsduft
brengt wieder alles durchenand,
do liegt was en dr Luft.

Am Schlossplatz, do isch ebbes los,
belegt isch jedes Bänkle,
mr sitzt anander uff em Schoß
ond hebt sich schee am Händle.

Die Mädle ganget nabelfrei,
Von weitem hörsch se lache.
Sie send en dere Jahreszeit
sehr schwierig zu bewache.

Sie traget Handys en dr Hand,
studieret s Alphabet,
sie schicket SMS ens Land,
an wen, des weiß mr net.

Sie treffet sich mit Artverwandte,
sie gucket lenks ond rechts,
hauptsächlich aber nach Passante
des männlichen Geschlechts.

Ach ja, mr wird so arg gerührt,
wenn die Narzisse blühe!
Vom Frühling wird mr leicht verführt,
mr muss sich nur bemühe!

Nordic Walking

Es rauscht in den Zweigen, die Erde erbebt!
Ein Gewitter vielleicht, das sich erhebt?

Es knackt und stampft in der nahen Schlucht.
Ein Rudel Wildschweine auf der Flucht?

Ein ängstlicher Blick zurück in den Tann
verschafft Gewissheit dem Wandersmann:

Die Nordic Walker, eine ganze Brigade,
in Dreierreihen auf schmalem Pfade!

Ich rufe noch: „Schnee hab' ich keinen geseh'n!"
Da wäre es beinahe um mich gescheh'n.

Ein mutiger Sprung zu des Waldes Saum,
dort bringt mir Rettung ein starker Baum.

Bewaffnet mit Stöcken, mit starren Blicken,
mit dampfenden Leibern, dünnen und dicken,

so zieht vorüber die keuchende Truppe,
und schon entschwindet sie hinter der Kuppe.

Zurück bleibt ein Wandersmann unter Schock.
Der weiß nun: Deutschland geht am Stock!

Denksch du no dro?

Denksch du no dro an onser Glück,
wie mir ons gfonde hent?
Des war dr schönschte Augeblick
mit dir, mei liebes Kend.

Denksch du no dro, an d Sternenacht,
mir beide Arm in Arm,
wie du mei Bäckle gestreichelt hascht?
Mei Herz, des war so warm.

Denksch du no dro? Des war verrückt,
em Gärtle hen mr buabelt,
hasch mir en Kuss uffs Göschle drückt,
ond no hasch mi verschtrubelt.

Denksch du no dro? Es war emol,
dort uff em Schillerplatz,
du flüstersch am Laternepfohl:
I mag di so, mein Schatz.

Denksch du no dro? Des war fei stark,
zehn Jahr send scho verflosse:
I han dir uff em Pferdemarkt
fenf rote Rösle gschosse.

Denksch du no dro an d Geisterboh?
Wie d om mei Schulter langscht
ond sagsch: Schlupf näher an me no,
i han a bissle Angscht.

Denksch du no dro an selle Nacht,
en deinem Himmelbett?
Was hen mir do für Sache gmacht!
Denksch du no dro? – I net!

Do lieg i rom em Stubewage

- Klagelied eines Wickelkindes -

Do lieg i rom em Stubewage,
nach mir do kräht koi Hahn.
I dät jo, aber ka nex sage
ond fang zom schreie an.

Mir hat mei Tante Lies aus Tamm
a Strampelhösle gschenkt.
Doch des hockt leider viel zu stramm,
was hat se do bloß denkt!

No guck i nuff. An dere Schnur,
was do für Gruscht bloß hängt.
So komm i nie zom Abitur,
I han mir s andersch denkt.

Die Pisastudie, die moderne,
die liegt mir schwer em Mage.
I soll scheints bald des Lese lerne,
wohl no em Stubewage!

En Gutschei hat mir d Sparkass gebe,
fenf Euro, s isch zom Lache!
Soll i von dene Zinse lebe?
Die send wohl net recht bache!

Vom Morge bis zur Abendröte
En d Wendle nei ond raus.
So langsam stenkt mir die Komöde,
des hältscht jo schier net aus!

Dr Speiseplan isch arg bescheide,
bloß Milch gibt s scheints em Haus.
Wie lang no muss i des erleide?
Zom Hals hängt die mir raus!

Kann i bald aus dem Wage steige
ond au a bissle dappe,
ond goht die Muttermilch zur Neige,
no trenk i Wei vom Babbe!

Trotz allem

Frei nach Karl Ettlinger: Idylle

Aus Brandenburg, die süße Susi,
ist heut mit ihrem netten Gspusi,
dem Adrian, auf Stuttgarts Höhn,
das Neckarland von nah zu sehn.
Am Wegrand, da steht, Gott sei Dank,
zum Ausruhn eine Ruhebank
mit Blick auf Wiesen und auf Äcker,
ins Neckartal und auf den Necker.

♣

„Ach, kieke da, is dit nich scheen,
die Wiese, meen Adrian!
Ick liebe so de Orschideen!“
Doch des war Löwezahn!

„Ach kieke da, im Abendschein,
die Bäume bei den Teichen,
dit missen Birjenbäume sein!“
Doch leider warn es Eichen!

„Un kieke runta, da am Necka,
da siehste die Herde liejen!
Un hörste och dit Schafjemecka?“
Des waret leider Ziegen!

„Un kieke da, die Kirch im Tal,
der Baustil is erotisch,
Barock, dit lieb ick ja total!“
Doch sie war leider gotisch!

„Ach, kieke da, een schöna Stern
is unser Weechbejleita,
den Sirius hab ick so jern!“
Die Venus war es leider!

„Nu Adrian, kiek zu mia hea,
tu ick dia noch jefallen?
Ick jlob, du liebst mia immer mea!“
„Ja, Schätzle, ja!“ (Trotz allem!)